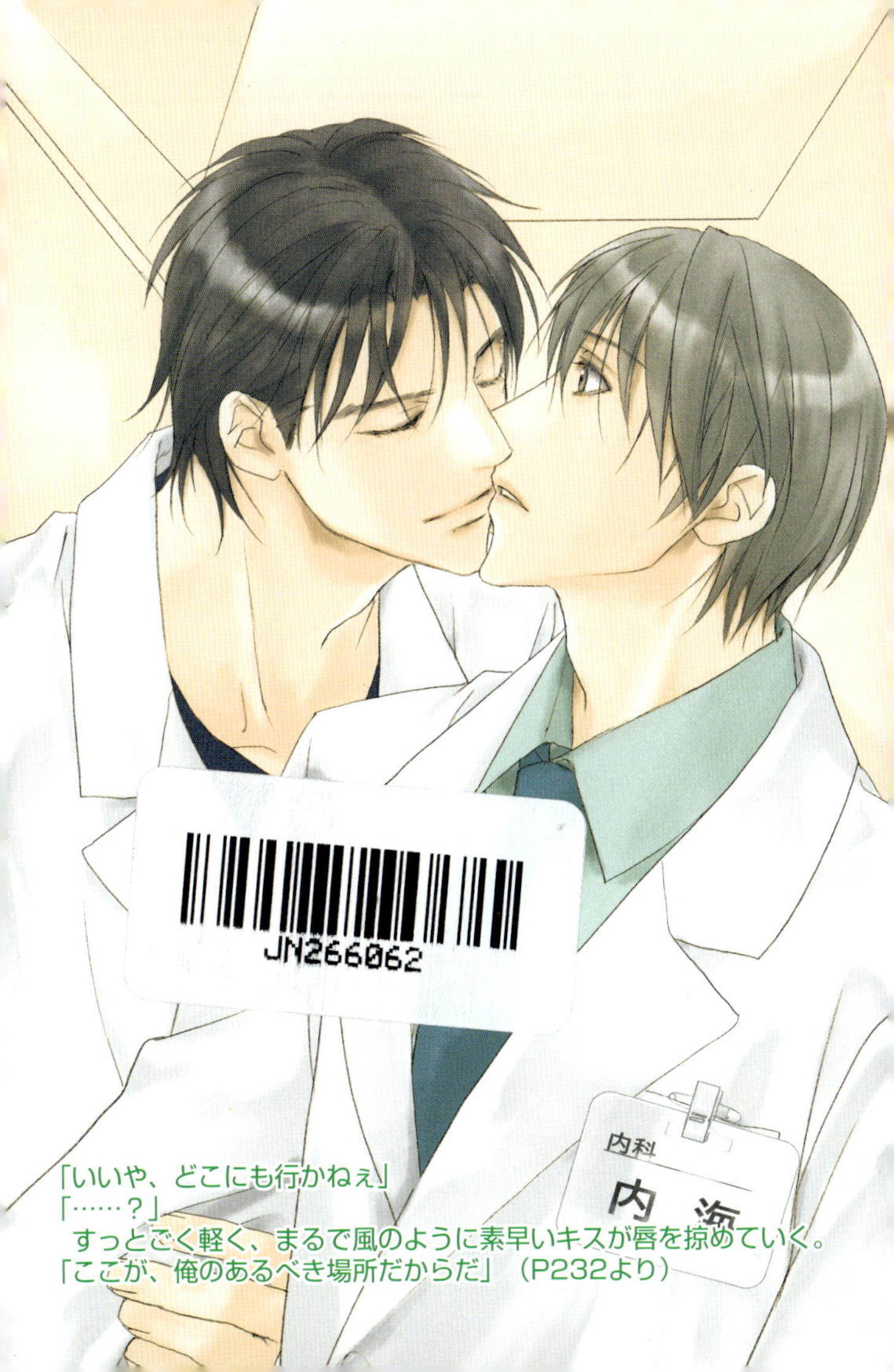

「いいや、どこにも行かねぇ」
「……？」
　すっとごく軽く、まるで風のように素早いキスが唇を掠めていく。
「ここが、俺のあるべき場所だからだ」（P232より）

夢のある場所

春原いずみ

アクア文庫

夢のある場所

Contents

夢のある場所

プロローグ

「……ああ……」

いつの間にか、うたた寝をしてしまったようだった。瞼《まぶた》を透かして、ちらちらと動く明かりはパソコンのスクリーン・セーバーだ。肩のあたりにひやりとした感触。ヒーターをつけっぱなしにしてしまったせいか、喉が渇き、汗を少しかいたようだ。

「風邪をひいてしまうな……」

ひとりごちて、彼は立ち上がった。机の上のカップはすでに冷えきって、冷たい感触を指先に伝えてくる。

冷たい……冷たい。一瞬、ぞくりと身体が震えてしまうくらい、その感触は冷たかった。

キッチンに立ち、ポットに残っていたコーヒーを軽く温めて、カップに注いだ。

「……温かい……」

滑らかな陶器は、すぐにそのぬくもりを伝えてくれる。ほっとため息をついて、彼はゆっくりと振り返った。

誰もいない部屋……白々と光るパソコンの画面。コーヒー一杯のぬくもりに支えられている自分。

ひとりで過ごす時間は、とうに十年を越えている。いまさら寂しいとは思わない。ただ。

「寒いな……」

コーヒーをすすりながら、彼はつぶやく。

寒いだけなのだ。ふと、温めてくれる存在が欲しくなることがあるだけなのだ。特に……

……こんな粉雪の舞う夜は。

彼はカップを持ったまま、パソコンの前に戻った。椅子に座ることもなく、立ったまま

マウスを操作し、メールソフトを開く。アドレスを探し、そのメールを打ち始める。

『内海《うつみ》　尚之《ひさゆき》　先生』……。

ACT 1

「何か、今日寒くねぇ？」

むき出しの腕をさすりながら、カンファランス・ルームに入ってきたのは、整形外科医の吉永辰也《よしながたつや》だった。

「何だか、すかすかするような気が……」

「先生、その格好でそれはないですよ」

くすくす笑っているのは、同じ整形外科医の田辺弘史《たなべひろし》である。

「あ？　そうか？」

吉永は何となく納得していない顔で、でんと椅子に座る。

佐倉《さくら》総合病院のカンファランス・ルームは、医局のほぼ真ん中に位置している。窓が大きいため、陽が当たっているときはまぶしいほどだが、逆に、外気温の影響も受けやすい。十二月の初めといえば、すでに立派な冬である。朝から、館内に通っているヒーターは全開のようだが、やはり足下からしんしんと冷えてくる感じだ。

「でもなぁ、俺、そのスタンドカラーっての？　それ嫌いなんだよ。首絞められてるみたいで」

そう言う吉永は、いつもどおり、素肌の上に半袖の濃いブルーの術衣を着、足下は裸足にサンダルを履いているだけだ。確かにこれでは肌寒いはずである。

「長白衣は？」

コーヒーメーカーから、田辺がコーヒーをついでくれる。

「あれ羽織れば少しは……」

「うーん……あれもあんまり好きじゃねぇな。裾引っかかるし」

「面倒なことを言うな」

シャーカステンの前に座っていた内科医の内海尚之がぼそりと言う。

「寒かったら、そんなところにでんと座っていないで、さっさと働け。動いていれば寒いこともないだろう」

「ひでぇ言われようだな」

苦笑しながら、吉永はコーヒーを飲む。朝のコーヒーは少し濃いめだ。

「でもさ、いっつも感心するけど。内海先生、ネクタイちゃんと絞めてて、苦しくねぇ？」

「慣れだな」

内海はさらりと言う。彼はいつもきちんとプレスのかかったワイシャツにネクタイを締め、長白衣を着ている。検査に入るときは術衣になり、ごくまれにスタンドカラーの白衣を着ていることもあるらしいが、吉永はあまり見たことがない。

「僕から見れば、術衣のほうが何となく襟元が心許ない感じがする。これは主観の問題だな」

「着慣れるまでは、何となく嫌でしたね」

田辺が控えめに同意した。

「女性じゃないですけど、もろに体格がわかりますからね。僕みたいに貧弱だと……」

そういう田辺は、きちんとバランスのとれた体型で、決して本人が言うほど貧弱ではないのだが、確かにすらりとスレンダーで、吉永に比べれば一回り華奢な感じはする。

「……だめだ、風邪ひく」

鼻のあたりをひくひくさせながら、吉永が立ち上がった。

「何か着てくる……っ」

ドアに手をかけると同時に、大きなくしゃみが出た。

「わ……っ」

ちょうどタイミングよくドアが開き、中に入ってこようとしていた長身の医師がぱっと素早い動作で飛びすさる。

「風邪ですか？　吉永先生」

くすくす笑いながら、改めて入ってきたのは、やはり整形外科医の春谷《かすや》貴倫《たかみち》である。

「先生はいつも薄着ですからねぇ」

「体温が高いもんで」

ぐすぐすと鼻をすすりながら、吉永が答える。

「そうだな」

ＣＴフィルムをシャーカステンにかけながら、内海が素っ気なく同意する。

「子供並みだ」

「おい……っ」

「体温が高いから、子供並みに化膿して、子供並みに治癒する」

「おや」

春谷が小さく笑った。

「内海先生は、ずいぶんと吉永先生のことを知っておいでなんですね」

「長いつき合いですから」

内海はさらりとかわし、会話の流れを変えた。

「春谷先生は北海道のご出身でしたね。寒さには強いでしょう?」

「まぁ……このあたりの方よりは耐寒性があるでしょうね」

テーブルにつきながら、春谷は穏やかに言った。

「でも、大学に入ってからはずっとこちらにいますから、あの厳しい寒さにはもうずいぶんと触れていませんね」

「やっぱり冬には帰られないんですか？」

田辺がコーヒーをカップに注ぎながら言った。

「雪祭りとかスキーで、飛行機も混むし……」

「いえ」

カップを受け取りながら、春谷はゆっくりと首を振る。

「春も冬も……もう、二十年近く帰っていませんね。実家には」


「おい、早く来いよっ」

キッチンテーブルには、珍しくも携帯コンロが置かれていた。そんなものを内海が持っているはずもない。当然のことながら、内海の家に吉永が持ち込んだのである。

「肉が硬くなっちまうって」

ぐつぐつとおいしそうに煮えているのは、すき焼きである。二人分というには、いささか皿に盛り上げられた具が多すぎるような気もするが。

「先に食べていればいいだろう」

ジャケットとネクタイを取り、軽いカーディガンを羽織って、内海はキッチンに入ってくる。

「着替える時間くらい……」

「何言ってる。まずは腹を膨らませないことには、落ち着きようもないだろうが」

大いばりで言う吉永に、内海はぴしゃりと切り返す。

「それは君の場合だ」

テーブルには、すき焼き鍋の他に色鮮やかな浅漬けの皿、そして、吉永のために燗酒《かんざけ》のコップがあった。あまり食の進まない内海に、吉永はかいがいしく、おいしそうに煮えた肉や野菜を取り分ける。

「なぁ……」

グラム千円を超えたという肉はさすがに柔らかい。内海の箸もそれなりに進んでいるようだ。吉永はゆっくりと燗酒を干しながら言った。

「春谷サン、実家と何かあるのかな……」

「え?」

椎茸をつまんでいた内海が顔を上げる。

「春谷先生?」

「実家にさ……二十年近く帰ってないって言ってただろ?」

「ああ……」

そんなことかと内海は少し笑う。椎茸をゆっくりと飲み下してから言った。

「北海道は遠いからな。春谷先生は留学もしているし……面倒だったんじゃないのか？」

「おい、九州だって遠いぜ？」

吉永が笑いながら言う。彼は、九州は博多の産だ。実家には、大学教授の父に和服の仕立てを仕事としている母、年の離れた妹がいる。内海も一度だけ招かれて行ったことがあるが、見事な旧家のつくりだった。吉永のラフなイメージとのギャップに驚いたものだ。

コップの中はあっという間に空になっている。少し迷ってから、吉永は冷や酒を少しだけ追加した。

「それでも、俺はちゃんと帰ってるぞ」

「君は年に何回くらい帰るんだ？」

「そうだな……博多に帰るのは、年に二〜三回だな。でも、親父や妹がこっちにしょっちゅう出てきてるから……家族に会うのはもっと多いぞ」

吉永がコンロの火を止めた。

「こういう煮詰まったの、ご飯にかけるとうまいんだよな」

「すき焼き丼か？」

食の細い内海にとっては、考えただけでげんなりするものだが、食欲旺盛な吉永からすれば、パワーのつく代物なのだろう。よくもこれだけ嗜好の違う二人がうまくつき合っているものだ。

「ところで、そういうあんたはどれくらいうちに帰ってるんだ？　車で三十分くらいのものだろ？」

内海は無言で首を横に振る。

「え？」

「ここ二〜三年、帰っていないな」

箸を置き、内海は淡々と言う。

「あまり僕が帰らないんで、一家総出でここに来る」

「あのな……」

内海が今住んでいるこの日本家屋は、もともと家族で住んでいたものだ。内海が大学に入ったとき、少し離れたところに家を新築し、両親と弟の樹《いつき》はそちらに移ったのだが、内海だけがここに残ったのである。いわば、セカンドハウスだ。

「何で帰らないんだよ。こんなに近くにいるくせに……」

すき焼きの残りをさらいながら、吉永がため息をつく。

「それって、結構な親不孝だぜ？」

内海はふんと鼻で笑った。

「来るのは拒んでいない」

「内海ぃ……」

「僕は」

食事を終え、内海はすらりと立ち上がった。お茶を入れるためだ。相変わらず、家事能力はほとんど進歩を見せない彼だが、紅茶の入れ方に関してだけは、完全に吉永を凌駕していた。慣れた様子でポットと茶葉、カップを用意し、お湯を沸かし始める。

「家族との距離の取り方がうまくないんだ」

「家族との距離？」

満足そうに箸を置いた吉永が問い返す。

「何だ、そりゃ」

「君にはわかりにくいだろうな」

苦笑しながら、ポットに茶葉を入れ、ざっとお湯を注いだ。ガラスポットの中で、茶葉がぐるぐるとジャンピングしている。

「距離の取り方といって語弊があるなら……そう、甘え方かな」

「甘え方……」

カップは二つ。大きいほうが吉永、いくらか小さめですんなりしているほうが内海のものだ。そこにきれいなルビー色に抽出された紅茶を注ぐ。

「僕には病気があっただろう？」

ことりとカップを吉永の前に置きながら、内海が言った。

「ああ……」

内海が、子供の頃から『習慣性肩関節脱臼《だっきゅう》』という関節の病気を患っていたことは、吉永も知りすぎるくらい知っている。ちょっとした運動や刺激で、利き腕である右の肩関節が脱臼してしまうというこの病気を、手術によって完治させたのは、誰でもない吉永自身であるからだ。

「あのせいで、僕は手のかかる子供だった。年の半分以上、利き腕が三角巾で固定されているわけだからな。できないことも多い。子供だから我慢もきかない。どんどん気むずかしくなる。ずいぶんと親には迷惑をかけたと思う」

「しかし、内海」

いい香りのするお茶をゆっくりとすすりながら、吉永は言う。

「親なんだから……迷惑っていう感覚はないと思うぞ。月並みな言い方だが、できることなら代わってやりたいっていうのが、親の気持ちだからな」

「だからだよ」

自分もカップを手にしながら、内海が答えた。

「だから、それが重荷になっていくんだ。特に、僕のように他に兄弟がいると、それが引け目になる。自分ばかりに手をかけさせているという……引け目だ」

「……」

「だから、具合が悪いとき以外は手をかけさせたくないと思う。甘えてはいけないと考えてしまう」

「しかし、それは……」

「そう」

内海は柔らかく笑う。

「考えすぎだ。でも身近だからこそ、距離の取り方がわからなくなってしまうんだ。どこまで甘えていいのか、どこまで頼っていいのか」

吉永がため息をつく気配がした。優しい紅茶の香りだけが二人の間に流れる。

「……理性で割りきれない分だけ、血の絆っていうのは始末が悪いかもしれないな」

ぽつりと内海が言った。

「いっそ他人だと思ってしまったほうが、ずっと楽になれるのかもしれない」

「そんなもんか?」

まだ吉永はよくわからない顔をしている。内海は小さく笑った。

「じゃあ、もっとよくわかるたとえ話をしてやろうか」

すっと足を組み、椅子の背もたれに寄りかかりながら、内海はゆっくりと言った。

「僕は、親兄弟にも言っていないことがある。まぁ……秘密と言っていいだろうな……そんなものがあるが、君にはその事実を隠していない。君だってそうなはずだ。そのことに関しては？」

「あ？」

「だから」

内海はくすくす笑いながら、軽く腰を上げた。すうっと身体を前に倒し、ごく軽く吉永にキスをする。

「う、内海……っ」

「だから」

妙にうろたえる吉永を後目に、内海は姿勢を戻し、ごく冷静に話を続ける。

「僕は家族に秘密を持っている。家族だからこその秘密だ。しかし、君には何一つ隠していない。そういうことだ」

「そういうことってな……」

吉永は軽く首を振り、自分を立て直しながら言った。

「何か違う気が……」

「同じだよ」

内海はさらりと言った。

「言えることと言えないこと、わかることとわからないこと、そんなものが渾然一体となって、家族というものを形成しているんだ。まぁ……」

そこで内海は小さく笑う。

「そこまで考える人間は少ないだろうがね」

「だがな、内海」

吉永はカップを置くと、ごくまじめな口調で言った。

「……あんたとのことなら……俺は家族に言ってもいいと思ってるぜ？」

「え？」

「別に隠すことでもないと思ってる。あんたさえよければ……」

言いかけた吉永を、内海はゆっくりと首を振ることで止めた。すっと顔を上げ、もう一度静かに首を振る。

「隠すことではないと思うが、触れ回ることでもない」

吉永の目を見つめ、内海はきっぱりと言った。

「内海……」

「僕と君のことは、僕と君の間だけで納得していればそれでいい。人に認めてもらおうとは思わない。僕たちが納得して、幸せなら、それでいい」

それだけ言うと、内海は唐突に立ち上がり、キッチンのほうへ行ってしまう。

「お、おい……っ」

「いいから、君はそこにいろ」

返ってきたのは、ざっと水を流す音と珍しくも照れたように少し高くなった内海の声だった。

月末から月初めの数日間、医師はデスクワークが多くなる。請求時期に入るため、カルテやレセプトのチェックをしなければならないからだ。

「内海先生、これもお願いします」

医事課から届けられるどっさりと付箋《ふせん》の貼られたレセプトの山に、内海は内心うんざりしつつも、静かなポーカーフェイスを崩さずにうなずいた。

「見ておきますので、そこに」

「はい、よろしくお願いします」

医事課の職員が出ていくのをちらりと横目で見て、内海はペンを置き、ふうっとため息をついた。と、その瞬間、今度は電話が鳴る。

「……内科特診です」

診療用の内海の声は、ぴんとよく通るテノールだ。口調もてきぱきとはっきりしているので、院内ではいたって評判がいい。

『内海先生、喜多野《きたの》記念病院の内海さまからお電話ですが』

交換手もすぐに内海の声を聞き分けたらしい。確認することもなく、電話を取り次いでくる。

「はい、こちらで取ります」

回線の切り替わる音がした。

「……内海ですが」

『あ、兄さん？』

自分自身とよく似た声が流れてきた。喜多野記念病院で理学療法科の主任を務める弟、樹の声である。

「どうした。珍しいな、病院に電話してくるなんて」

『うん。ちょっと頼みがあって』

まだ仕事中なのだろう。彼の後ろからは、患者や同僚の声が微かに聞こえてくる。

『僕の……診断書、取ってもらえないかな』

「診断書？」

樹が佐倉総合病院に骨腫瘍《こつしゅよう》で入院したのは、一年以上前の話だ。

「保険か何かか？」

『うん。完治の診断書がいるんだ。設楽《しだら》先生に書いてもらおうと思ったんだけど、やっぱり主治医じゃないとだめらしくて』

「主治医って言うと……田辺先生か」

『もし、診察が必要なら何とか時間作って行くけど……』

多分その時間が作れそうにないから、電話をよこしたのだろう。内海はふっと小さく笑う。

「……田辺先生に頼んでみよう。融通はきく先生だから、大丈夫だと思うが」

『ありがとう。できあがったら、取りに……』

「ああ、いい。帰り道だから届ける。病院のほうでいいな？」

医師である内海も忙しいが、整形外科医の足りない喜多野で理学療法士として働く樹の忙しさも相当なものだろう。

「おまえがいなかったら、受付にでも預けておく。そのへんの算段はそっちでしてくれ」

『うん、ありがとう』

素直な感謝の言葉に、内海は少しくすぐったい気分を味わう。電話を切ると、ちょうどそばを通りかかった医事課の職員を捕まえた。

「すまない。内海樹の外来と入院カルテを出してください」

喜多野記念病院のエントランスは、内海が勤務している佐倉総合病院よりも広々としている。吹き抜けになったロビーは解放感があり、天井が低くて狭いという病院のイメージをいい意味で裏切っている。

「すみません」

内海は半分カーテンが閉じた受付に顔を出した。

「理学療法士の内海樹を呼んでいただけますか？」

「あ……っ」

内海が一年間だけ勤務していたこの喜多野を離れて、すでに二年以上経っている。しかし、その類い希な美貌は忘れられなかったのだろう。問いかけに振り向いた女性職員が微かな声を上げた。

「内海先生……っ、お久しぶりです……っ」

「ああ……覚えていてくれたんですか？」

内海は〝少し面倒かな……〟と思う心を押し隠して、微かに微笑む。こうした人の反応には慣れているからだ。

「先生、内海せ……じゃない、樹先生から伺っています。内海先生がいらしたら、理学療法室まで上がってきてくださいって。お急ぎなら、書類だけお預かりしますが……」

「そうですか……」

たまに、弟の職場を覗いてみるのもいいだろう。ここに勤務していたとき、内海は肩を手術し、リハビリのたびに通っていた場所でもある。

「じゃあ、久しぶりにお邪魔させていただきます」

内海は軽く会釈すると、記憶をたどりながら、エレベーターに向かって歩き出した。


喜多野記念病院の理学療法室は広い。病棟のほとんどワンフロアを使い、そこでさまざまな理学療法を総合して行うことになっているのだ。エレベーターを降りると、ごく狭いホールがあり、そこにすぐ『理学療法室』と書かれたドアがあった。内海は降り立ったホールで、すでに茜色に染まりかけた西の空を窓越しに仰いだ。冬の日は早い。追いかける間もなく暮れていく。

「もう……そんな時間か……」

医療職というインドアな仕事をしていると、季節や時の移ろいに、次第に無頓着になっていく。それがいずれ人間性の欠落につながっていかないように、日々気をつけていかなければと改めて思う。

「さて……」

ふっとひとつため息をついて、内海が理学療法室のドアをそっと開いたときだった。

「何度言ったらわかるっ」

〝……っ！〟

ぴしりと鞭を鳴らすような厳しい声だった。

「病院はあんたのために動いているんじゃないっ。いいかげんな気持ちでいるなら、実習なんかやめちまいなっ」

ドアを開け、思わず立ちすくんだ内海の視界に入ってきたのは、両手を見事にくびれた腰にあて、ほとんど仁王立ちになっているゴージャスな美人だった。長い髪をクリップできりりとまとめ、きつめのアイラインとローズのルージュがよく似合う。整形外科医の設楽知加子《ちかこ》である。

「知加子先生……っ」

烈火のごとく怒る設楽を必死に宥めるのは、優しげな容姿をすっきりと白衣に包んだ内海の弟、樹だ。さすがに兄弟だけあって、顔立ちのパーツはよく似ているが、その微妙な配置がどうも違うらしい。怜悧《れいり》な美貌をもつ内海と違い、樹のほうは優しげに整った顔立ちをしている。

「そんなに大きな声を出さないでください。下まで聞こえてしまいますよ」

「出したくて出してるわけじゃない」

設楽は苛々と言い、きっときつい視線を放った。

「出させているのは誰だ」

内海は一瞬迷った後、するりと室内に滑り込み、静かにドアを閉じた。ここで外に出ても、かえって中に入るタイミングを逸してしまうだけだ。それならいっそ、ここで自分の存在を主張してしまったほうがいいと判断したのだ。

「……あ……」

案の定、敏感な樹が内海に気づいた。

「兄さん……」

「ん？」

設楽も振り向く。

「おや、お珍しい」

切り替えの早い女医は、顔にかかる前髪を払ってから、にっこりと魅力的な笑みを見せた。

「内海兄か。久しぶりだね」

「ご無沙汰しております、設楽先生」

内海はするりとコートを脱ぎ、優雅な仕草で腕にかけた。

「お元気そうですね」

「余るほどね」

設楽はふうっとため息をついた。

「樹、河合《かわい》を借りてくよ」

「あ、でも……」

「あんたは兄貴と積もる話でもしてなさい。河合、いる？」

「はぁいっ」

奥のほうから、樹に次ぐ副主任である河合が出てくる。

「何すか？」

「可愛い可愛いお嬢様のご案内だよ。喜びな」

〝ん……？〟

やや皮肉めいた設楽の言葉に、内海はちらりと視線を泳がせる。

樹の後ろに、まるで隠れるように立っている若い女性がいた。まだ板についていない白衣姿で、ファイルノートを抱えている。

「先生、年増の嫉妬はみっともないぜ？」

歯に衣着せぬ河合が言うのに、設楽は無言で蹴りのポーズをとる。並んで理学療法室を出ていく二人の後を、白衣姿の女性が追いすがるようについていった。

「……研修医か？」

ドアが閉まったのを確認して、内海が言った。樹が振り向く。

「あ、うん……」

広い室内に、ぽつんと置いてあるデスクの上にカップを用意し、ティーバッグを入れながら、彼は苦笑した。

「医学部の……何年生だったかな。五年か六年生だと思うよ。整形外科志望だって言うんだけど……」

「向いてないか」

すぱりと言う兄にカップを差し出しながら、樹は困ったように笑う。

「というか……考えがまだ学生さんなんだよね。時間にルーズっていうのかな……遅刻が多いし……実習中に携帯鳴らしちゃうし。それであたふたしちゃうんだから、わざとじゃないんだよね。お間抜けなことは認めるけど。まぁ……要領が悪いっていうのは、悪い人間じゃないっていう証拠だから、ヘンにずる賢いよりはいいかとは思う」

「いい人間だから、医者に向いているとは限らない」

優しい樹の言葉をさらりと遮り、内海はジャケットのポケットから封筒を取り出す。

「これ、頼まれていた診断書だ」

「あ、ありがとう」

すでに、理学療法室は蜂蜜色の光に包まれていた。ブラインドの影が斜めに射し、陽の傾きを告げる。兄弟は無言のまま、静かに柔らかな香りのお茶をすする。

「……じゃあ、そろそろ行くから」

カップを置き、内海はすっとコートを羽織る。樹が諦めたように微笑んだ。

「……たまには、うちにも帰ってきてよね。母さんのお守りは僕だけじゃ荷が重いよ」

「ああ……」

内海もうっすらと笑う。

「そうだな。考えておく」

軽く手を振り、少し名残惜しげな弟に背を向けながら、内海はふと考える。

〝あの実習生……〟

設楽ほど派手な美人ではないが、整った顔立ちをしていた。どちらかというと優しげな容姿だが、身長はかなり高いほうだった。きゅっと結んだ口元はかなり意志が強そうな感じもしたのだが。

〝どこかで……見たことがあるような……〟

内海はあまり人の顔覚えがいいほうではない。自分自身が目立つ容姿を持っているため、こっちが覚えていなくても、向こうが覚えていてくれるからだ。それだけではないのだろうが、人の顔を覚えるのは苦手だ。

〝どこで……会ったんだろう……?〟

振り向いて、クイズの答えを確かめようとして、内海は身体の動きを止めた。

「知って……どうということもないな」

彼女は、喜多野の実習生だ。他院の医師である内海には何の関係もない。

「ま、いいか……」

ちょっと肩をすくめ、内海は足早にエレベーターへと向かった。

ACT 2

「だーっ、めんどくせぇっ！」

吉永は積み上げられたレセプトの山を前に、うなり声をあげていた。

「使ったものは使ったんだから、それで通せよっ」

「そんなこと言ったって、仕方ないでしょう」

笑っているのは、医局秘書の浅野優樹《あさのゆうき》だ。普段は医局の細々とした雑用を片づけているのだが、請求時期だけは、古巣である医事課の手伝いをしている。高校卒業後入職してまだ四年、二十代の初めだが、落ち着きがあり、気が利くので、副院長である佐嶋《さじま》が医事課職員から医局秘書に抜擢した青年である。それだけに仕事はしっかりしている。

「結局、返戻《へんでい》で面倒な思いするのは先生なんですから、今のうちにやることやっといたほうがいいと思いますよ」

「あーっ、ったくっ！」

ぶちぶち言いながら、吉永はペンを取る。

高価な材料を使ったり、特殊な検査をした場合、それ自体が保険を通らず、マイナスされてしまうことがある。そうなると、その部分に関しては病院の持ち出しとなってしまう。

そうならないために、あらかじめレセプトに医師がその検査の必要性などについてのコメントをつけるのだ。吉永は整形外科医という都合上、検査や手術が多い。必然的に、こうしたコメントを書かなければならないことも多くなってくる。死ぬほどデスクワークが苦手な彼にとって、請求時期は恐怖でもある。

「あ、吉永先生」

吉永が浅野の監視のもと、病院名の入った用箋を開いたとき、さっとブースのカーテンが上がって、看護婦が顔を出した。

「お客様ですよ。すごい美人」

「あ?」

美人なら……。

〝内海か?〟

美人と言われて、自分の恋人の名がさらりと浮かぶあたり、幸せと言うべきなのか。

「喜多野記念病院の設楽先生ですって」

「姉御?」

吉永はペンを置いて、立ち上がった。

「忙しいところ、悪いね」

久しぶりに会った女医は、相変わらずの美貌とパワーを備えていた。百七十センチの長身をタイトなパンツスーツに包み、足下は思いきりヒールの高いショートブーツ。たいがいの男は見下ろされてしまうほどの迫力だ。彼女と向かい合うときくらい、自分が長身だったことをありがたく思う瞬間はなぃ。

「いや……かえって助かった」

吉永はにやりと笑いながら、煙草に火を点けた。院内は禁煙だが、この喫茶室の片隅は一応喫煙が許されているらしい。灰皿があるからだ。

「請求時期だからな。俺にメス以外のものを持たせるなと言ってるのに……」

「はん」

相変わらずだ……と設楽の目が言っている。彼女の下にいたときも、吉永は理由を付けてはこのコメント作業から逃げまくっていたのだ。

「それが嫌だったら、高価な材料使うのやめな」

「あるものは使う」

ぴしりと言って、吉永は煙草の煙を吐く。

「必要だから使うんだ」

「ごもっとも」

クスリと笑い、設楽はすうっと両手を上げた。

「仰せのとおりだよ」

「何だよ」

吉永はいぶかしげに眉を上げる。

「今日は妙に低姿勢だな、姉御」

「え……？」

「姉御が俺に諸手上げるなんざ、見たことねぇぞ。何か……あるな？」

疑り深く言う吉永に、設楽はふふっと笑った。

「……だてに長いつき合いじゃないねぇ」

設楽と吉永のつき合いは、吉永が研修医だった頃にさかのぼる。吉永の医師としての歴史イコール設楽とのつき合いなのである。

「……実はさ、ちょっと頼みがあるんだよ」

設楽がすうっと姿勢を低くした。ついつられて、吉永も内緒話の体勢になってしまう。自然声も低くなる。

「あんたの病院、今研修医はいるかい？」

ひそひそと設楽が言った。

「いや……うちは研修病院になっていないから、派遣はいるけど研修医はいないぞ」

吉永も低く答える。

「整形って……何人いたっけ」

「今のところ、四人だな。俺と春谷先生、田辺、それから加藤だ」

「全員執刀できるの？」

「加藤はまだ無理かな。去年、院から上がったばかりだから。まだ、大学との掛け持ちなんだよ。こっちが週三」

「ふぅん……」

コーヒーをゆっくりとすすりながら、設楽は考え込んでいる。吉永は目をすがめて、そんな元上司の姿を眺めた。良くも悪くも設楽は責任感が強く、抱え込んでしまう性格だ。面倒だ面倒だとわめきながらも、それをきっちりとこなしてしまうのが彼女の持ち味なのだ。

「あのさ……ひとり、実習生を見てもらえないかな」

ようやく言った。吉永は軽く眉を上げて、先を促す。小さくうなずいて、設楽は言葉を続けた。

「もともと、うちに紹介されてきたんだけど……うちも人手不足だろ？　十分に見てやれないんだよ。やっぱり、こっちも駆け回りながらだから、ちゃんとついてこられないと怒鳴りたくなるし……」

「姉御についていくか……。そりゃ大変だ」

吉永はクスリと笑う。自分も研修医だった頃は、さんざん設楽に怒鳴られたクチなのだ。

処置台の下で向こう脛を思いきり蹴られたのも、一度や二度ではない。台の下で足を蹴る……患者に知られないように、注意を与える方法のひとつだ。

「学生さんだからね、大目に見なきゃならないところはあると思うんだが、私もそういう余裕がなくてね」

設楽が苦笑しながら言った。吉永がトラブルで喜多野を退職してから、すでに四年経つ。その間、喜多野に整形外科医の補充があったという話は聞いていない。マイナスワンのまま、日常業務をこなしているとしたら、ものすごい過重労働だろう。

「学生か……何年？」

「五年生……学Ⅲだよ」

大学医学部は六年制である。教養学部の二年間を経て、専門の四年間を過ごし、その後国家試験に合格して、晴れて医師免許の取得となる。その一、二年目を『進Ⅰ、進Ⅱ』、三年目以降を『学Ⅰ、学Ⅱ……』という呼び方をする。医学部独特の呼び方だ。

「それで、もう整形に行くって決めてるわけか？」

「ああ。そのへんはしっかりしてるっていや、しっかりしてるんだけど」

設楽は少し口ごもった。

「動機がな……」

「あ？」

「いや、なんでもない」

慌てたようにぱっぱっと手を振り、設楽はにっこり笑った。

「どうだい？　引き受けてもらえるかい？」

「学生なら、せいぜい年内くらいだろ？　正月過ぎりゃ、じき大学も始まるわけだし」

今は十二月だ。年末年始は病院の外来が救急以外は止まるし、オペ予定も入れないので、実習しても見る場がない。

「二、三週間くらいのもんか……ま、いいかな」

吉永はぽりぽりとこめかみのあたりを掻きながら言った。

「一応、院長や外科部長にはかってみないと何とも言えないが、いいと思うぜ。姉御に恩売れることなんかそうそうないからな。その学生さんさえよけりゃ、うちで引き受ける」

「ありがたい」

設楽がぱっと手を合わせた。

「恩に着るよ。助かった」

「どういたしまして」

思わず、吉永はにんまりする。設楽ほどの女傑に手を合わせられて、悪い気がするわけがない。

「じゃあ……来週からってことで。その学生のプロフィールみたいなのあるか？　上に通さないと……」

「吉永」

バッグに片手をつっこみながら、設楽がふいに声音を変えた。

「あんた、男だよね」

「あ？」

「男に二言はないよね」

「あ、ああ……」

「一度引き受けると言った言葉を翻すような真似はしないよね」

この期に及んで、まだ信用されていないらしい。吉永は苦笑しながらうなずいた。

「神にでも何にでも誓ってやる。吉永辰也に二言はない」

「よぉし」

にっこり笑って、設楽はバッグの中から一枚の履歴書をとりだした。くるりと向きを変え、吉永のほうに向ける。

「え？　女学生なのか？」

貼ってある写真は、おとなしげな女性のものだった。まだ少女の面影を残したなかなかに整った造作だ。

「ああ」

設楽は少しそっぽを向くような感じで、視線を外しながらうなずいた。

「えーと、名前は……え……？」

「さぁてと、そろそろ……」

そわそわと立ち上がりかけた設楽の手を、吉永が向かいの席からぱっと摑んだ。

「待った、姉御っ！」

視線は履歴書に落としたままなのだから、器用と言うよりほかない。

「おい、これ……っ」

「吉永、男に二言はないな」

「姉御っ」

吉永が見たとたんに、一瞬にして顔色を変えた名前……それは。

『春谷　恵実《めぐみ》』

家族欄にあった名前は。

『兄　春谷　貴倫』


冬の陽が落ちるのは早い。太陽が眠りにつくと同時にぐっと気温は下がり、一気に冷たい冬のマントが広げられる感じだ。そのひんやりとした手触りを感じながら、内海は空を仰いでいた。

　冬になると空気が澄んで、夜空が美しくなる。深紫のビロードの空、きらきらと小さなブルーダイヤが輝いている。三つ並んだオリオンの帯は冬の星座だ。

「何だよ、乗って待ってりゃいいのに」

　職員玄関から小走りに駆けてきた吉永が言った。ブラックジーンズにざっくりとしたブルーのセーター、その上にレザーのブルゾンを引っかけ、彼は寒そうに白い息を吐いている。

「ああ……」

　内海は小さく笑って、車の鍵を開けた。九州生まれの吉永は寒さに弱い。東京生まれの内海も決して耐寒性があるとは言えないのだが、吉永よりはいくらかましだ。カシミアの白いコートを翻して、彼は車に乗った。

「春谷先生の妹だって？」

　エンジンをかけながら、唐突に言った内海に、吉永は肩をすくめただけだった。内海のニュースソースは、副院長である佐嶋に決まっている。この繋がりはどこかで断ち切っておきたいのだが、同じ病院に勤務していてはそれもかなわない。吉永の苛々は増すばかりだ。

「姉御もびっくり箱持ってきてくれるぜ」

吉永はため息交じりに言った。

「よりによって、春谷サンの妹だってよ」

「この前、喜多野に行ったとき、ちらっと見たが……あれがそうだったのか」

ゆっくりとハンドルを切りながら言った内海に、吉永は振り向く。

「ん？」

「いや。この前、樹に用があって、喜多野に行ったんだ。そこで……」

内海はクスリと笑う。

「まさに完膚なきまでに叱られている研修医を見たんだ。僕は患者としてしか、設楽先生を知らないんだが……叱りとばすというのは、ああいうことを言うんだろうな」

「ああ……」

ドアに軽く肘をかけて寄りかかり、吉永も苦笑する。

「俺なんか、叱りの上に蹴りや投げまで入ってたからな。凄まじかったぞ。姉御は容赦という言葉を知らないから、マジに研修医だった頃はアザと生傷が絶えなかった」

「これは考え方だが」

気温がずいぶんと下がってきているようだ。白く曇る窓に、内海はデフロスタを使う。

吉永が気を利かせて、手元にあったクロスでさっと窓を拭いた。内海が軽くうなずく。

「研修している頃に一度や二度、泣くような屈辱を味わっておかないと後が大変だな。挫折したときのショックが大きい」

「……ああ」

吉永は苦笑するだけだ。それは身をもって知っているつもりだ。

「ただ、それも人によると思う。本当にその道に行きたいと思っているなら、どんな思いをしてでも前に進んでいけると思うが、まだ迷っている場合……本当にこの道でいいか考えている途中だったりすると、叱られ、痛い思いをしたがために、そこから引き返してしまう場合がある。そうなると……ちょっと困るという気もするが」

内海の言葉に、吉永は軽く首を振り、狭い車の中で体を伸ばした。

「それならそれだけのものだったってことさ。俺も容赦とか手加減なんかしないぜ。姉御ほどのスパルタにはできないかもしれないが、びしびしと……」

ぷっと内海が噴き出した。慎重に運転しながらも、ハンドルを切る指が微かに震えている。笑っているのだ。

「……どうかな」

「何だよ」

この信号を曲がると、吉永のマンションだ。折良く青になった信号を車はゆっくりと右折する。

「君は案外フェミニストだからな」

「あ？」

吉永のマンションのパーキングは半地下である。内海は慣れたハンドルさばきで、そのスロープを降りていく。

「口ではきついことを言っているが、後でいつもちゃんとフォローしているし、僕のように徹底して冷たいこともない。女性に嫌われたことはないだろう？」

「……」

吉永はごくまじめな顔をして考え込んでいる。その間に、車は来客用の駐車スペースに滑り込んだ。

「ついたぞ」

サイドブレーキを引き、内海は振り向いた。宙に視線を遊ばせて、吉永はまだ考え込んでいるようだ。内海は小さくため息をついた。

「……あまりまじめに考え込まないでくれないか？」

「あんたが変なこと言うからだぞ」

「何が変なことだ。軽く同意を求めたことに対して、真剣に考え込むほうが悪い」

内海はぽんと切り返し、車を降りる。

「何でもいいが……僕と一緒にいるときに、過去につき合った女性の数を数えるのはやめてくれ」

「初めまして」

医局秘書の浅野に連れられて、春谷恵実が現れたのは、吉永たちが朝のコーヒーを楽しんでいるときだった。

「春谷恵実です。よろしくお願いします」

〝ああ……やっぱり……〟

ちらりとカップの端から視線を上げて、内海は小さくうなずいた。

はっきりとした目鼻立ち、少し栗色がかったセミロングの髪、そして、すらりと高い身長。間違いなく、喜多野で設楽に叱られていた女子学生だ。

「整形の吉永だ」

出窓に寄りかかり、コーヒーを飲んでいた吉永がまず言った。

「あんたのことは、姉御……設楽先生から聞いてる。うちには、設楽先生みたいな女医はいない。それは承知だな?」

「は、はい」

吉永の声は低い。しかし、低いわりによく通り、響きがいい。この声でドスを利かせると、そのへんのちんぴらなら逃げていくほどだ。

「そっちが同じく整形の田辺先生」

吉永の紹介に、テーブルに座っていた田辺がにこりと微笑む。

「田辺です。よろしく」

「よ、よろしくお願いしますっ」

「そこでスカしてるのが、内科の内海先生だ」

「スカしてるだけ余計だ」

内海は軽く肩をすくめながら言った。

「内海です」

「よろしくお願いしますっ」

「浅野ちゃん、院長と副院長には？」

カップに残っていたコーヒーを飲み干して、吉永が言った。浅野が首を振る。

「お二人とも不在です。話は通っているので……後は吉永先生におまかせするとのことですが」

「はいよ」

吉永は寄りかかっていた出窓から、体を起こした。

「ああ、春谷さん」

「はいっ」

「今日はいいけど……明日から、それやめたほうがいいな」

「はい？」

吉永がついと指差したのは、羽織った白衣の裾から出ているむき出しの膝だった。

「看護婦もそうだから、スカートでもいいけど、ミニのタイトスカートは動きがとれないからやめたほうがいい。それから、白衣をずっと着ているなら、きちんとボタンは留めること。俺や田辺先生みたいに、下に半袖を着ていて、すぐに上を脱ぐ状態で羽織るならいいが、内海先生のようにずっと長白衣を着ているなら、きちんとボタンを留めていないと裾が邪魔になって、何かあったときにすぐに動けない。それと」

すうっと指先が上に上がる。

「メモを取るのはいいことだと思うが、ノートにまとめるのは後でいい。いちいちバインダーを抱きしめていたら、実習にも何もならないだろう。メモはポケットに入れられる程度のサイズにすること」

「は、はい……っ」

「それから……口うるさいようだけど、もうひとつだけ」

さらに指が上に上がる。さらりと肩口に落ちたセミロングの髪を指す。

「髪きれいだけど、きちんとまとめておかないと、患者に近づいたとき、髪が触ることになる。お互い、あまり気持ちのいいものじゃないと思うから、気をつけて」

そして、すっとその指を振り、吉永はドアに向かって歩き出す。

「回診に行く。ついておいで」


「何だか……意外ですね」

ぱたりと閉まったドアを見ながら、田辺が言った。

「吉永先生は……ああいうことは苦手なんじゃないかと……」

吉永が置いていったカップを取り上げ、カンファランス室の片隅の小さな流しに運びながら、内海が苦笑した。

「苦手でしょうが、できないわけじゃない。人を無視するとか……故意に意地の悪い真似をしたりすることはできないタイプですからね。本人にストレスはたまるでしょうが、ついて歩くほうは楽だと思いますよ」

ざっとお湯を出し、手早く二つのカップを洗ってしまう。しばらくはこういうこともしなければならなくなるだろう。

「春谷先生の……妹さんと言うことですが」

「そう聞いています。そう言われると、何となく似ている気もしますね」

田辺がおっとりと言った。

肝心要の春谷は、先週から十日間の予定でアメリカの学会に行っている。あと三日は帰ってこないはずだ。

「しかし……ずいぶん年が離れていますね。春谷先生は……確か、僕より上のはずだから」

「そうですね」

「十歳……いや、もっとですか」

マメな田辺がコーヒーサーバーも片付けはじめた。ペーパーフィルターを捨て、さっとサーバーを洗う。放っておけば、医局秘書か庶務が片付けてくれるのだが。

「まぁ……僕のところも、妹たちとは八歳かな？　離れていますから。このくらい離れてしまうと、もう世界が全く別になってしまいますね」

田辺が笑いながら言うのに、内海は軽くうなずく。

「……異性の兄妹なら、なおさらでしょうね」

「吉永先生、靭帯《じんたい》損傷の稲葉さんですけど……」

「ああ、ギプスカットな。カットし終わったら、ベッドに置いとけ。見に行く」

「先生、高部さん、開窓しておきましたけど」

「後で処置に回る。ソフラ、はがせたか？」

「はい」

「先生、内海先生からの復券来てますけど」

「ああ、話は聞いた。転棟させたいんだが、部屋はどうだ？」

「女性なら四床部屋、男性なら二床部屋」

「女性だ。診察したら、連絡する。ベッドふさぐなよ」

「タイムリミットつき～」

「時計止めとけ」

次々にかかる声に、吉永はてきぱきと応対していく。言いよどむことも考え込むこともない。彼は、当然経験にも裏付けられているのだが、直感で物事を運ぶことが意外に多い。もちろん、深く考えなければならないことがあるのも事実だが、医療の世界には反射神経も必要だ。

「回診は、そのときにもよるが、だいたいオペ患から診ていく」

後ろも振り向かずに吉永は言う。

「次が処置患、あとは部屋にいるのから診ていく」

「部屋にいる？」

「整形だからな。リハに出ているのやレントゲン撮りに行っているのもいる」

吉永はナース・ステーションに入った。長身の彼の後ろについている恵実に、看護婦たちの視線が集まる。

「今日からしばらくの間、実習てのかな……見学か？　ま、そういうことになった春谷恵実さんだ。医学部の五年生。いろいろ教えてやってくれ」

「先生、春谷って……」

一瞬、看護婦たちがざわめく。吉永はいともあっさりと言った。

「ああ。春谷先生の妹さんだ。先生を狙っている奴、取り入っておいたほうがいいぞ」

「せ、先生……っ」

あけすけな吉永の言いほうに、恵実のほうがびっくりしている。看護婦たちが笑い崩れた。

「先生、露骨ぅ」

「じゃあ、先生を狙っている人はどうすればいいのぉ？」

「俺か？」

整形のワゴンに整理されているカルテをざっと見ながら、吉永は言う。

「そうさなぁ……俺にも妹はいるが、こんなに優しくないぞ。俺の妹はメガトン級に強力だからな」

吉永が見ているのは、オペ患の検査結果だ。

「かーっ、腎機《じんき》がやべぇか……」

「せーんせっ」

焦れたように看護婦が声を上げる。

「あ？　ああ……」

顔を上げ、吉永はにんまりした。

「ちなみに姉貴はその上を行く。小姑二人に対抗できる根性があるなら、いつでもどうぞ」

カルテを閉じ、吉永は背中を伸ばした。心得た看護婦がぱっと回診車を押して飛んでくる。

「じゃあ、処置に回る」

看護婦が、その患者の下肢にかかったシーツをさっと取ったとき、思わず恵実は目を背けていた。

「うーん……いまいちかな……」

吉永の淡々とした言葉。

「先生……」

患者が少し不安そうに声をかけてくる。まだ若い男性だ。

「よくなってないですか……」

架台に乗っているのは、彼の右足だ。下腿《かたい》に沿うように金属のバーが取り付けられ、皮膚の上から幾本ものねじが足に突き刺さっているかっこうだ。ガーゼを取りのけると、生々しい傷跡がまだ口を開いていた。

「消毒」

吉永の手にピンセットが渡された。

「先生、ポピヨドン？」

「ああ」

濃い茶色の消毒液に浸された綿球が、ピンセット同士で渡される。吉永は手早く皮膚に突き刺さっているねじのまわりと、まだふさがりきっていない痛々しい傷を消毒する。

「ハイポ」

ざっと消毒液の色を落とし、渡されたガーゼで簡単に傷を覆った。看護婦が手早くテープを留めていく。

「オックスフォード創外固定器」

目を背けたままの恵実に、吉永はちらりと視線を向けただけで言った。

「創外固定はわかるな？」

「え、あの……」

「足から勝手にねじが生えたと思ったか？」

吉永は小さく笑いながら言った。

「脛骨《けいこつ》骨幹部骨折……しかも開放性だ。キルシュナー鋼線で固定してもいいんだが、今回は患者が若いし、偽関節を防止するために創外固定器を使っている……と」

そこまで言って、吉永は患者に向き直った。

「よくはなっているよ、ちゃんと。それは心配ないんだけどさ」

「はい……」

「ただ、ちょっと動き過ぎってのかな……固定がゆるみそうなんだ。もうちょいの辛抱だから、がんばってくれねぇかな」

少し屈んで目線を下げ、吉永は言う。

「それに、動くと傷も治りにくい。結構な大けがだったわけだしさ、ちょっとがまんな」

「……はい」

こっくりうなずいた患者に、吉永はにこりと笑みを見せる。

「OK」


吉永は歩くのが速い。長身でコンパスが長いうえに、もともと身体の動き自体が敏捷なのだ。小走りにやっとついていく恵実を従え、次から次へと病室を巡り、廊下を歩いている患者まで捕まえる。

「あ、レントゲンの結果だけどな、俺たちは〝骨再生〟って言い方するけど……骨折したところに、新しい骨ができて……」

そこまで言って、吉永はぱっと振り向いた。

「あのさ」

こりこりとこめかみのあたりを掻きながら。

「メモ取ったっていいけど……場所とタイミング、考えてくれねぇか？」

「は、はい？」

吉永の広い背中にぴったり張り付くような形で、彼の一言一句をメモしていた恵実が顔を上げる。

「あの……いけませんか……？」

きょとんと返されて、吉永はがくりと頭を垂れる。

「……ちょっと、そこにいて」

そして、患者を連れて、数歩離れたところに移動した。そこで、ごく低い声で今の話を続ける。

「……その骨再生が今ひとつなんだ。本来なら、そろそろ過重をかけ始めてもいいんだが、やはり不安が……」

「ちょっと差し出がましい気もしますが」

突然後ろから聞こえた声に、恵実ははっと振り向いた。

「あ……っ」

そこにあったのは、まっすぐ見つめるのもはばかられるような硬質な美貌だった。すっきりとした涼しげな容姿に、あたりの空気の色まで変わって見える。内科の内海である。

「はい……」

ふんわりと微かにグリーン系の香りがする。恵実はほんのりと頬を染め、もじもじとうつむいた。しかし、そんな彼女の様子など目の端にも入らない様子で、内海はよく通る声で言う。

「私たち医師には、患者に対する守秘義務というものがあります。患者の病状、経過、そしてアナムネで知ったプライベート……そんなものを第三者に軽々に明かしてはならない。それが守秘義務です」

「あ、はい……っ」

恵美ははっと肩をすくめた。内海が静かに続ける。

「そんな秘密……人に明かしてはならないことを、目の前で第三者たるあなたにメモを取られたら……どうなりますか?」

「あ……」

患者への話が終わったらしく、吉永が戻ってきた。うつむく恵実とその前に立っている内海を見つけ、ちょっと肩をすくめて笑う。

「教育的指導か？　内海先生」

「警告ってところだな」

ポーカーフェイスで言い、内海はさっと白衣の裾を翻した。

「吉永先生、復券の患者、主治医交代お願いします」

すれ違いざまに言い、ごく軽くぽんと肩のあたりを叩いていく。吉永は苦笑しながらうなずいた。

「了解」

ふんわりと残るごく微かなコロンの香り。美貌の医師のあまりに鮮やかな登場と退場に、恵実は圧倒されて、立ちつくすばかりだ。

「……迫力あるだろ？」

吉永が、姿勢のいい内海の後ろ姿を見送りながら言った。

「春谷さんの兄さんも相当いい男だとは思うが、内海先生はまた特別だよな」

ごく低い声で言った吉永に、恵実は耳まで赤くしながら小さくうなずく。

「はい……」

「おいおい」

吉永はくっくっと笑う。

「その〝はい〟ってさ、春谷先生がいい男だってこと？　それとも、内海先生が特別だってこと?」

「あ、あの……」

吉永のからかいに、恵実はまた真っ赤になる。

「えと……」

「ああ、いいよいいよ。悪かった」

吉永は笑い続けながら、歩き出す。

「んじゃ、そのいい男の春谷先生の患者も診なきゃならねぇんだ」

「え……?」

ぴたりと恵実の動きと表情が止まった。吉永は白衣のポケットからメモ書きを取り出し、ひらひらと振ってみせる。

「先生、学会でアメリカに行っちまってるだろ? その間、留守番組で先生の患者診てるんだ。特に俺は専門もろに重なるからなぁ……」

ぶつぶつ言う吉永を、恵実は目を大きく見開いたまま眺めている。

「あの……兄がいないって……」

「あ? 学会でシカゴに行っちまってるじゃないか。まぁ……留学してた古巣で学会あるんじゃ仕方ねぇか……」

そこまで言って、吉永はふっと振り向いた。相変わらず、恵実は固まってしまっている。

横を通る看護婦が、そんな彼女を不審そうに眺めている。

「え……もしかして……」

吉永はちょっと首を傾げた。

「……知らなかったのか?」


パソコンのマウスの上に置かれた内海の手は、すんなりと指が長い。肩の持病のせいであまり力をかけてこなかったためだろう、節が目立たず、男にしてはきれいに見える手だ。

「ああ……」

喉の奥で、内海が声を出した。

「春谷先生からメールが来てるな……」

「ん?」

内海がパソコンをいじっているそばで、ラグの上にひっくり返り、雑誌をめくっていた吉永が体を起こした。

「春谷サン?」

「ああ……向こうの大学のアドレスだ。誰かのアドレスを借りて、大学のサーバにアクセスしたんだな……」

「ふーん……」

吉永にパソコンのことは全くわからない。内海がわかるなら、それでいいと思っているのだ。雨だれ式にワープロソフトくらいはたまに使うが、インターネットとなるとまったく理解の外だ。なぜ海外のホームページに繋ぐのに、市内にあるアクセスポイントまでの電話料金で済むのかわからない。別に理解しようとも思わないのだが。

「何で、あんたにメールなんだ？」

「僕のアドレスを知っているからだろう」

内海はさらりと言った。

「田辺先生と佐嶋先生もメールアドレスを持っているが、数字のアドレスなんで覚えにくいんだ。僕のは個人名のアドレスだから、覚えやすいんだろう。これも僕へのメールじゃなくて、田辺先生へのメールなんだ。転送してくれって書いてある……」

内海はマウスをさっと動かし、キーボードをいくつか叩いて、メール転送の手続きを取ったようだった。

「なぁ、内海……」

雑誌をテーブルの上に置き、吉永はソファに座り直した。

「あの……春谷サンの妹のことなんだが」

「ああ」

振り向きもせずに、内海は答えた。

「ちょっと自覚が足りないな。まぁ……学生だから仕方ないと言えば仕方ないんだが、専攻も決めているのに、ずいぶんとのんきというか……」

「ああ……」

吉永は小さく笑った。

「俺もあまり学生には縁がなくて、学生気質ってのかな……今の学生がどんなふうかはよくわからないんだが、ちょっと子供っぽすぎるという気はしたな。まだ現場になじんでいないからと言ってしまえばそれまでなんだが、どうも身の処し方が今ひとつわかっていないようだ。いや……特に努力して、理解しようとしていないって言うのかな……」

吉永もどう判断していいのかわからないのだろう。ずいぶんと言葉が曖昧だ。

「春谷先生と容姿や体格はそれなりに似ているようだが、あの触れたら切れそうな知性のほうはあまり受け継がなかったようだな」

内海が気持ちいいほど辛辣に言ってのけた。吉永が苦笑する。

「おいおい……言いすぎだ。素直なだけまだいいじゃねぇか。ウチの看護婦どもなんか、俺の言うことにおとなしくうなずくことなんざねぇぞ」

「それは信用問題だからな」

あっさりとかわして、内海は薄く微笑む。

「で？　彼女がどうしたって？」

「あ、ああ……」

　両手を頭の後ろに組んで、吉永はラグの上に再びひっくり返る。

「彼女……春谷サンが渡米中だってこと知らなかったみたいだな。まぁ……たった数日のことだから、別に逐一家族に報告することもないとは思うんだが……」

「え？」

「それとさ」

　吉永は言葉を続ける。

「これは俺の憶測だけど……彼女、春谷サンの就職場所も知らなかったんじゃねぇかと思って」

「どういうことだ？」

　くるりと椅子を回して、内海が振り向いた。天井を見上げて、吉永はちょっと笑う。

「んー、普通だったらさ、兄貴が整形外科医で、自分もそこを目指していて、学生時代のごく私的な実習見学だとしたら……まず兄貴に相談して、それで、そこに行くと思わねえ？」

「……」

「そのほうが絶対に話の通りもいいわけだし、第一下準備にかかる時間が全然違う。効率的だ」

「それは……どうかな」

内海はゆっくりと立ち上がり、キッチンのほうへ向かった。

「……おい、この前買ってきたビール、もう全部飲んだのか?」

冷蔵庫を開ける音がして、内海の声が聞こえた。

「六本入りを買ってきたじゃないか」

「あ? ああ。晩飯作りながら、最後の一本……」

伸びをしながら、吉永がのんびり答える。

「まったく……底なしの男だな」

ため息交じりの言葉と共に、内海が戻ってきた。ぽんと投げられたのは、水割りの缶だ。

「ああ、サンキュ」

冬場の暖房を効かせた部屋では、喉が渇く。内海が自分のために持ってきたのは、いつも冷蔵庫の中に入っているイオン飲料だ。

「……話の続きだが、春谷先生は実家を離れてかなり長いし、妹さんとも年が離れている。もう独立していると考えていいんじゃないのか?」

「うん……」

吉永はラグの上に起き上がり、くっと一口に水割りをあおった。

「……冷えすぎ」

顔をしかめて一言言う。

「文句を言うなら、うちの冷蔵庫に言え」

そう言う内海も、冷たすぎる飲み物に少し顔をしかめている。

「……しかし、いやに気にするな。そんなに嫌なら、引き受けなければよかったのに」

「ああ……」

珍しく素直に吉永がうなずく。

「最初はそれほどと思っていなかったんだが……何か、嫌な予感がするんだよ」

「嫌な予感？」

あっと言う間に水割りを飲み干して、吉永はぎゅっと缶をつぶしてしまう。

「何か……面倒が起こりそうな気がしてきた……」

「野生の勘か？」

まぜっ返す内海に、吉永は苦笑する。

「ま……考えすぎだろうがな」

しかし、その予感がやがて現実のものになろうとは……このとき二人は予想だにしていなかったのである。

ACT 3

「おはようございます」

さっとカンファランス・ルームのドアを開け、颯爽と入ってきたのは、久しぶりの出勤となる整形外科医、春谷貴倫だった。吉永とほぼ体格的に遜色のないプロポーションに、知的でどこか優しげな風貌。看護婦たちに抜群の人気を誇る独身医師のひとりである。

「おはようございます。お帰りなさい」

迎えたのは、内海である。テーブルに肘をつき、カップを両手で包むように持って、ゆっくりとコーヒーをすすっている。猫舌だからだ。

「あちらはどうでしたか？」

「とにかく寒くて」

春谷は屈託なく笑う。

「今年いちばんの寒波だとかで。南半球から来た連中は歯の根が合わなかったようです」

彼はまだ残っていたコーヒーをサーバーから注ぎ、大きく椅子を引いて、内海の隣に座った。

「内海先生、メールの転送ありがとうございました。ご面倒をおかけしてしまって」

「お気遣いなく」

内海はうっすらと微笑む。

「僕も、佐嶋先生や田辺先生のメルアドは覚えていません。あの数字の羅列はなかなか覚えられるものじゃないと思います」

「メモしていけばよかったんですけどね。うっかりしていて」

渡米している間、春谷は何回か田辺に対して、診療上のコメントをメールに乗せていた。吉永に対してそれがなかったところを見ると、やはり必要ないと思っていたのだろう。これも信頼というものである。いろいろとぶつかり合うところもあった二人だが、お互いの実力はきっちりと認め合っているのだ。

「私の不在中に、何か変わりはありませんでしたか?」

すぐに聞いてくるあたり、やはり勤務医である。内海はゆっくりと首を振った。

「特には。でも、僕は整形のほうはよく……ああ……」

内海はぽんと軽く指先でテーブルを叩いた。

「そういえば……」

そのとき、ぱっとドアが開いた。よく響く声が、朝の冷たい空気と共に滑り込んでくる。

「だから、いちいち処置のたびに顔背けてたら、どうにもならねぇだろうが。患者にも失礼だし……っ」

「で、でも……っ」

「え……？」

入ってきた人物を見て、春谷の動きがぴたりと止まった。涼しげな目が見開かれ、信じられないものを見たように唇が薄く開く。

「何……で……？」

吉永と共に入ってきた恵実のほうも、凍りついたように立ちつくしている。

「ああ、春谷先生」

後ろから吉永が声をかけた。

「妹君をお預かりしていましたよ」

「え、ええ……」

春谷が内海を振り返る。その目の中に微かな非難の色を見て、内海は少し驚く。

〝え……？〟

「じゃ、お渡し……」

「すみません」

唐突に、春谷は立ち上がった。視線が微妙に吉永から外れている。いつも、たじろぐほど強い視線を送ってくる彼にしては、珍しい反応だ。

「外来がありますので」

「え、お……っ」

「失礼します」

まだ湯気を立てているカップもそのままに、春谷は吉永の横をすり抜け、カンファランス・ルームを出ていってしまう。

「えっと……」

ドアが少し乱暴に閉じられ、しんと室内は静まり返る。吉永も内海も、何が起こったのか理解できなくなっていた。

「……どういう……ことなのかな……」

ぽつりと吉永が言った。

「……春谷さん……どういうことなのか……わかる……？」

「す、すみませんっ」

ぱっと恵実が身を翻した。

「お、おい……っ！」

吉永が止める間もなく、彼女は飛び出していってしまう。その横顔にきらりと光ったのは、見間違いでなければ、どうやら涙のようだ。

「あ、えと……っ」

吉永が視線を泳がせる。

「……関わらないほうがいいな」

次から次へと起こるハプニングに、内海が妙に冷静な声で言った。

「どうも……一筋縄ではいかない事態のようだな……」

「あーっ、何が何だかっ」

がしがしと頭を掻きむしって、吉永がわめいた。

「くっそぉっ！　姉御っ！」


「ああ、ここだよ」

目立たないドアをようやく見つけ、吉永が中に入っていくとカウンターの片隅から、すっと手が上がった。

「早かったね」

設楽が指定したのは、ずいぶんとわかりにくいところにあるレストランバーだった。

「もうちょっと、わかりやすいところにできなかったのかよ」

スツールに腰を落ち着け、ぶつぶつ言う吉永に、設楽はふんと笑う。今日も、タイトで身体のラインをあらわにする感じのパンツスーツ姿だ。この女医がスカートをはいているのを、吉永は見た記憶がない。

「あんたみたいに目立つ男と、人がぞろぞろ集まるようなところに行けるかい。私だって、一応嫁入り前なんだからね」

今度は吉永が鼻で笑う。

「それ言うなら、俺だって婿入り前だぜ？」

「……不毛な話はやめようか」

運ばれてきたビールのグラスをカチンとぶつけると、設楽はすぐに本題に入った。お互いつき合いは長い。前置きなど必要ないのだ。

「もともと、あのお嬢さんは私と母校が同じなんだよ」

「母校？　女子医か？」

「ああ」

設楽は女子医大の出身である。医局から、吉永と同じ国立大学に入局したのだ。

「恩師ってのかな……入局のとき、お世話になった教授から電話がかかってきてね。整形を志望している女子学生をちょっと見てくれないかって。私も忙しいだろう？　一度は断ろうと思ったんだけどさ」

「ああ、まぁな……」

恩師からの依頼では断りにくいだろう。医師の世界は完全な縦社会なのだ。

「私も、医局にいた頃、春谷先生とは面識があったからね。まぁ……縁て言うのかな、そんなこともあって引き受けたんだけどさ」

「春谷サンは……妹が整形志望してるの知らなかったのかな……」

「これはさ」

設楽が少しためらいがちに言った。目の前のビールをぐっと飲み干し、すっと指を立てて、おかわりをオーダーする。相変わらず、酒の強い女性だ。

「……家庭の事情ってやつになるんだけど、あのお嬢さんと春谷先生は、いわゆる異母兄妹なんだよ」

「異母兄妹……？」

「ああ。母親違いなんだ。春谷先生のお母さんが亡くなって、お父さんと再婚した人の間にできたのが、あのお嬢さんなんだ」

「はぁ……」

「だからって、別に仲が悪いとかそういうことではないと言っていたがね。仲が悪いも何も、一緒に暮らしたことはほとんどないんだそうだ。あのお嬢さんが生まれた頃には、春谷先生はもう家を出て、寮生活をしていたそうだから。何せ、年が一回り以上も離れているからね。接点がなくてもおかしくはない」

焼きたてのピザのようなものが出てきた。ふんわりしたクラストにチーズがまぶされ、ただ焼き上げただけのシンプルなものだ。ビールのつまみにはちょうどいい。

「……春谷サン、二十年近く実家には帰っていないと言っていたな……」

ぽつりと吉永が言った。

「え？」

「内海に言わせると……そういうのもありだろうと言っていたんだが、俺にはどうも信じられないいんだよ。特に不仲でもない実家に二十年も帰っていないということがな」

出てきたガーリックトーストをがぶりとかじりながら、吉永は言う。

「まったく……とんでもないことに巻き込んでくれたな、姉御」

肉親同士のごたごたに、第三者は踏み込むべきではないと吉永は思っている。というより、踏み込みたくないのだ。医師という職業柄、極限状態での凄まじい人間同士の葛藤に関わらざるを得ないこともある。それだけに、普段は勘弁してほしいというのが本音なのだ。

「まぁさ」

設楽は、すでに三杯目のビールを空けている。吉永も同等のピッチだ。お互いに強いとわかっているので、安心してピッチを上げられる。

「春谷先生なら大丈夫だと思うよ。今日はいきなりだったから動揺したんだと思う。もともと、あんたや私よりよっぽど抑制は利くし、基本的に理性の人だからね。大丈夫だって」

「安請け合いすんなよ」

言うほうはいいのだ、言うほうは。実際その場に立つ人間は大変だ。

「ま、今日は私のおごりってことで」

妙ににこにこしながら、設楽はひらめのムニエルを取り分けてくれる。

「ところで、吉永」

「あ？」

半ば頭を抱えていた吉永がうっそりと顔を上げる。設楽はにっこりと極上の笑みを浮かべた。

「あんた、まだ内海先生とつるんでたのか？」


設楽に文句を言うのだと息巻く吉永を待ち合わせ場所の近くまで送り、内海はひとりで自宅に戻った。部屋に入ると無意識のうちにパソコンを立ち上げてしまう。

「おや……」

ネクタイを抜きながら見ると、新着のメールが届いていた。発信人は春谷だ。マウスを操作して、メールを開く。

『内海　尚之　先生

おくつろぎのところ失礼いたします。春谷@佐倉HPです。

本来であれば、吉永先生にご連絡を差し上げたいところなのですが、ひとまずメールでコンタクトのとれる内海先生にお話ししたく、お邪魔する次第です。

今朝方は大変失礼いたしました。吉永先生も同席していらした内海先生も驚かれたことと思います。しかし、いちばん驚いたのが実は私自身でした。

すでにお聞き及びかと思いますが、妹の恵実は、私とは母親違いになります。年もかなり離れておりますし、何より彼女が生まれた頃には、私はすでに進学で家を出ておりましたので、一緒に暮らしたことは全くありません。家を出た時点で、私は独立と言いますか、実家の事情には一切関与しておりませんでしたので、妹が医学部に進学したくらいのことは知っていても、私と同じ整形外科を専攻しようとしているなどとは、夢にも思っておりませんでした。ましてや、知らせてもいなかった私の勤務先に実習生として現れるなどということは、想像だにしておりませんでしたので、今朝のような醜態をさらす羽目になったという次第です。

家庭の事情を長々と綴り、先生の貴重なお時間を頂戴し、申し訳ありません。この先のトラブルを防ぐ意味でも、ある程度のご説明は必要かと思い、メールを差し上げた次第です。

妹はなにぶん未熟者につき、いろいろとご迷惑をおかけすることもあるかと思いますが、よろしくご指導お願いいたします。
　　　　　　　　　　　　　　　　　　　　　　春谷　貴倫』

「……なるほどね」

　内海はメールをファイルに入れながら、軽くうなずいた。

　春谷のこうしたフォローは、ある程度予想していたことだった。思考的に成熟し、また人の輪を大切にするタイプの彼だ。必ず何らかの形でコンタクトはとってくると踏んでいたのだ。

「それにしても……」

　襟元のボタンを二つ外して楽になり、シャツの上からカーディガンを羽織る。すとんとパソコンの前の椅子に座って、内海は机に軽く頬杖をついた。

「どういうことなのかな……」

　このフォローのメールを読んだところで、あの春谷の反応の異常さ、不自然さが完全に理解できたわけではない。指先でマウスをもてあそびながら、内海は考える。

「……明日はいったいどうなるんだろうな」

「つ、続けてくれって……っ！」

着替えるために術衣を手に取ったまま、吉永はばっと振り向いた。当然のことながら、上半身は裸のままである。

「春谷先生……っ」

「……風邪をひきそうですから、とりあえず着替えてください」

穏やかに言われて、吉永は不満げに口をへの字に曲げたまま、術衣をかぶった。

「……いったい、どういうことなんですか」

苛々と机の上にあった煙草をくわえ、火を点ける。出勤したばかりの外科系医局の片隅である。

「俺は、先生が帰国されたらお役ご免だと思っていたんですが」

「申し訳ありません」

すでにきちんと着替えた春谷が軽く頭を下げる。

「吉永先生のご迷惑は十分に承知しています。渡米中もご迷惑をおかけして、帰ってからもこれでは、実に心苦しいんですが」

「心苦しかったら、自分の妹の面倒くらい見てくださいよ」

吉永はずばりと言う。遠回しに言うなどという芸当ができない男なのだ。

出勤してくるなり、『今までどおり、恵実の面倒を見てくれ』と春谷から言われたのだ。

当然の反応である。

「俺は指導には向きません。研修医からすぐに臨床に入っているので、指導医の経験もありません。先生なら、肉親ということをおいても、指導医をなさった経験がある。後輩を教えるには、俺よりずっと適任と思いますが」

「……そこを曲げてですよ」

春谷は再び頭を下げる。

「お願いします、吉永先生」

「そう言われましても……」

「もちろんフォローはさせていただきます。できる限りのことはいたしますので」

吉永ははぁっと深いため息をついた。年長者である春谷にここまで言われて断れるほど、神経は太くない。

「……わかりました」

もともと、設楽から安請け合いしてしまったのは自分なのだ。責任は最後までとらなければならないだろう。

「しかし……俺はぶっきらぼうなほうですから、丁寧な教え方なんかはできませんよ」

「先生の存在自体が、彼女にとって大きな勉強になると思いますよ」

ようやく、春谷の口から彼らしい言葉がこぼれた。

「よろしく……お願いいたします」


「おはようございます」

吉永がカンファランス・ルームに入っていくと、すぐに恵実が立ち上がった。

「はよ」

簡単に返事をすると、吉永はコーヒーを注ぐ。

「あのさ、今日からも俺が君の面倒見ることになったから」

「え？」

「兄妹だとやりにくいって、春谷先生が言うもんでな。先生も学会で留守したりしてたから仕事たまってるし。ま、寂しいかもしれないけど、がまんしてくれ」

「はい……」

露骨なほどがっくりと落ち込む恵実に、吉永はつい肩をすくめてしまう。

「おいおい……」

「す、すみません……」

今にも鼻をすすりそうな恵実に、吉永は思わず天を仰ぐ。

〝春谷サン……恨むぞ……〟

「ああ、吉永先生」

タイミングよくドアが開き、ひょいと顔を出したのは副院長の佐嶋だった。

「ちょっと診ていただきたい患者がいるんですが」

「はい？」

一口コーヒーを飲んで、吉永は振り向く。

「俺ですか？」

「ええ。当直帯に入った患者なんですが……」

佐嶋は言いかけて、戸惑った表情を見せている恵実に気づく。

「ああ……あなたが春谷先生の」

副院長の佐嶋祐介《ゆうすけ》は腹部外科医だ。貴族めいた端正な容姿に、妙にエレガントで静かな物言い。外科医としては珍しいタイプである。

椅子に座ったまま、ぼうっとして佐嶋を見上げている恵実を、吉永は慌ててつつく。

「あ、はいっ」

弾かれたように恵実は立ち上がり、ぺこりと頭を下げた。

「春谷恵実ですっ」

佐嶋がおっとりうなずく。しかし、その視線は彼女をしっかりと観察しているようだ。

外科医特有の冷静さで。

「兄上はとても優秀な整形外科医ですし、吉永先生も学ぶべきところの多い方です。しっかり勉強してください」

「は、はいっ」

にこりと恵実に微笑んで見せてから、佐嶋は吉永に振り返る。

「で、先生」

相変わらず穏やかではあるが、すでに表情も口調もプロのものだ。

「患者は交通事故です。側面衝突で、腹部痛もあったので一応CTを撮りました。今のところ、臓器の損傷は見られないので、整形のほうで診ていただきたいのですが」

「骨折は確認されていますか?」

カップを置き、吉永は尋ねる。佐嶋なら、レントゲンなどの指示は確かだろう。

「脊椎《せきつい》系は問題ないと思います。肋骨《ろっこつ》が確認できただけで二箇所、肋軟骨《ろくなんこつ》も痛めている可能性がありますね」

「わかりました。回診のときに診ておきます。整形病棟に入っていますね?」

「勝手ながら」

小さく笑い、佐嶋は軽く会釈して出ていく。吉永はちょっと肩をすくめた。

「相変わらず……食えねぇ人だ」

整形病棟に入院させているということは、はなから整形に持たせるつもりだったという

ことだ。今吉永に言ったのは、一応筋を通したということなのだろう。復券も何もかも、すでに様式は整っているに違いない。

「じゃ、回診から行くから」

「え、あの……」

恵実が戸惑った表情で見上げてくる。今日は本来であれば外来日だ。

「……おたくのお兄ちゃんと交代だ。おまえさん連れて、外来には出られないだろ?」

白衣の胸には、珍しくもポケベルが仕込まれている。吉永がどうしても診なければならない患者が来た場合には、これで呼び出されることになっている。

〝あー、めんどくせぇっ〟

病院としても、春谷の妹には特別の配慮をしているということなのだ。これは、春谷がいかにこの病院に必要とされている人材かという証明でもある。

〝それに巻き込むなってんだっ〟

叫ぶわけにもいかず、吉永はお供を引き連れて、病棟に向かう。

結局、面倒見のいい性格を読まれているということなのだろう。

「骨折部位、わかるか?」

ナース・ステーションの片隅、シャーカステンにレントゲン写真をかけ、吉永は言った。

「学Ⅲなら、正常解剖くらい頭に入っているだろう?」

「あ、えと……」

恵実の手が白衣のポケットに行くのをさりげなく牽制する。そこにポケット解剖の本が入っていることくらい先刻承知の吉永である。

「さっきの佐嶋先生の話は聞いていただろう?」

佐嶋から受けた交通事故の患者である。多少専門外といっても、さすがに佐嶋の目は確かだ。骨折部位もきちんと読影されていた。

「えと……ここ……ですか?」

恵実がおずおずと指差したのは。

「どうして、そこだと思った?」

「えと……他のところは骨がすうっとまっすぐなのに、この……端のほうはまっすぐじゃないから……です」

「じゃあさ」

ため息を飲み込みながら、吉永は言葉を続ける。

「そのつもりで見ると、全部の肋骨、両側共に骨折していることにならないか?」

「あ……」

恵実が示したのは、肋軟骨の石灰化した部分だった。これは加齢的な変化で、ある程度の年齢になれば誰にでも見られる現象だ。

「レントゲン写真てのは、整形外科にとって、情報の宝庫なわけ。それだけに、正しく読まないと意味がない」

吉永はぱっとレントゲン写真をシャーカステンから外す。

「一点だけを見ていると、今みたいな全体的な変化を正しく把握できない。やっぱり、これだけの情報があるんだから……って」

何気なく振り向くと、恵実は吉永を見ていなかった。ガラス張りになっているナース・ステーションから廊下のほうを眺めていたのだ。思わず吉永は怒鳴る。

「おいっ、聞いてんのかっ！」

「あ、は、はいっ」

そのとき、看護婦の声が廊下から聞こえた。

「あ、春谷先生……」

呼びかけに答えるのは、春谷の柔らかい声だ。

「そうですね……じゃあ、リハの前にちょっと話しておきましょうか」

「よろしくお願いします」

〝……？〟

吉永は目をすがめて、恵実を見る。

吉永に思いきり怒鳴られても、彼女は上の空だ。なぜ叱られたのかもわかっていないだろう。意識が完全にどこかに行ってしまっているのだ。身体だけは吉永のほうを向いているが、意識と視線は廊下に向いている。

「……俺の指導が嫌なら、自分の兄さんに直談判してくれ」

吉永はレントゲン写真を袋にしまいながら言った。

「君の指導を俺に任せたのは春谷先生だ。あくまで、春谷先生の指導を受けたいというなら……」

「あ、い、いえっ、そんな……っ」

「だったら」

吉永は少し強い調子で言う。

「実習時間中は集中しろ。中途半端な気持ちでいられるのが、いちばんやりにくい」

すぱりと言って、吉永は立ち上がった。

「オペの機材確認だ。やる気があるなら、ついてくればいい」

「はいっ」

さっとナース・ステーションを出ていく吉永に、恵実は慌ててついていく。しかし、彼女が廊下で立ち話をしている春谷のほうを振り向いたのを、吉永は見逃さなかった。

「……置いてくぞっ」

「はいっ」

ちらりと、吉永は少し離れたところに立っている春谷を振り返る。

春谷は……意識的としか思えない不自然さでこちらに背中を向けていた。


「かーっ、疲れるっ」

昼食はカンファランス・ルームで持参のお弁当を食べるのだという恵実と別れ、吉永は職員食堂の隅の席でテーブルにべったりと伏していた。

「俺、心底こういうことに向いてねぇかも」

「そんなことはないと思いますよ」

優しい口調で言ったのは、田辺である。体格もよく、どちらかというと相手を圧倒してしまうタイプの吉永や春谷と違って、一回り小柄で顔立ちも優しい田辺は、患者のそばに寄っていくタイプの医師だ。子供や年輩の患者に人気のある医師である。

「逆に、ちょっと丁寧すぎるかなって気もするくらいです」

「そうか？」

「ええ」

田辺の前のトレイはきれいに空になっている。内海と体格的には大差のない田辺だが、食欲の点では、はるかに健康的なようだ。

「僕も学生の頃、病院実習に行きましたけど、こっちが走ってついていかないとだめでしたよ。油断してると置いていかれますからね。肉体的というより、精神的に疲れましたね」

「はぁ……」

吉永もそうした経験がないわけではない。研修医の頃には、さんざん蹴りを入れられたクチだ。外科医は清潔操作が多いため、手で殴るわけにわいかない。手は消毒してしまうからだ。だから、研修医を叱るときは、蹴りを入れることが多い。当たり所が悪いとあざになることさえある。そんな経験は山のようにある。

「でも、やっぱり女の子だし……」

「吉永先生は優しいから」

田辺はクスリと笑う。

「看護婦たちが言っていますよ。先生、学生さんに甘すぎるって」

「そ、そうか……?」

「看護婦たちは、実習で大変な目にあっている人が多いですからね。それに」

すっと田辺が立ち上がった。トレイを持ち上げる。

「多少、嫉妬や羨望もあると思いますよ」

「あ？」

「お先に」

十二時半を過ぎ、食堂も混み始めた。吉永はべったりつぶれていたところからやや回復し、食事を始める。

「……お疲れか？」

ハスキーな声が降ってきた。顔を上げるまでもなく、恋人の声だとわかる。

「ああ……」

田辺が立ち去った後にトレイを置いて、内海が座る。

「今日の午後、あんたからもらった患者、オペになるぞ」

梅干しをのせてご飯をかき込みながら、吉永は言った。

「暇だったら来るか？」

「そうだな……」

内海が吉永に託したのは、大腿骨幹部骨折の患者だった。もともと胃潰瘍《いかいよう》で入院してきたのだが、外泊中にバイクで転倒し、けがをして戻ってきたのだ。

「邪魔にならないようだったら」

「邪魔になんかなるかよ」

吉永は笑う。すっと身体を低くし、ごく微かな声で囁く。

「張りきりすぎるかもしれねぇがな」

内海は薄く微笑むだけだ。目をすがめた表情がとても優しい。吉永は思わず辺りを見回してしまう。恋人のこんなに優しい顔は他の誰にも見られたくないのだ。

「……午後二時開始だ」

「わかった」

後はお互い食事に集中する。それほど、時間がある身体ではないからだ。

「じゃあ、また後でな」

吉永のほうが先に食事を終える。内海は軽く手を挙げただけだった。


整形外科下肢の手術は、腰椎麻酔から始まる。佐倉総合病院では、全身麻酔の場合は麻酔医が入室するが、腰椎麻酔は執刀医ではない整形外科医が麻酔を施し、管理することになっている。

「……ＯＫ」

麻酔を確認すると、吉永はベッドに乗り上げていた膝を下ろした。

「手術台に移すぞ」

「はぁい」

看護婦たちが寄ってくる。執刀医である春谷はすでに清潔操作のための手洗いに入っているが、助手の田辺は患者移動の手伝いに来る。

「おい」

吉永が患者の足側に回りながら、声をかけた。

「ぼけっとしてないで、手伝え」

看護婦たちも田辺も顔を見合わせている。

「春谷さん、あんただよ」

「え?」

一応、手術に入るための支度をした恵実がぼんやりと返事をする。

「はい?」

「はいじゃねえだろ。ぼさっとしてねぇで、手伝いな」

「は、はいっ」

手洗いをしている春谷にも聞こえたはずだが、彼は何も言わない。黙々とブラシを使って、手洗いを続けている。ちらりと吉永はそちらを見たが、何も言わなかった。オペ前の執刀医はそれなりにナーヴァスになっている。つまらないことで煩わせる必要はない。

「よっと……」

患者を手術台に移し、手足を固定する。モニターが取り付けられ、記録が始まった。看護婦が術野のブラッシングを始める。田辺も手洗いに行き、吉永は患者の頭側に座って、麻酔の管理に入った。

「わっ、だめぇっ！」

突然、看護婦の悲鳴が響く。

「清潔だから、触らないでっ」

「あ、すみませんっ」

〝またかよ……〟

吉永は内心でため息をつく。

「……手術台に乗ったら、患者のすべて、器具のすべては清潔だ。手洗いをした者以外は触れない」

「はい……」

素直は素直なのだが、恵実はどうもねじが一本抜けている気がしてならない吉永だ。思考に発展性がないとでもいうのだろうか。ここでこう注意されたから、ここならこうなる……という応用力がすっぽり抜けているのだ。しかし、それは本人の能力というより、単なる不注意、ケアレスミスという気がしてならない。つまり。

〝真剣味が足りねぇってことだ〟

「お願いします」

ガウンをつけ、手袋をつけた春谷が患者のそばに立った。少し遅れて、助手の田辺もその向かい側に立つ。

「術式、大腿骨骨幹部骨折骨接合術、開始時間、午後二時十五分。それでは、執刀します」

「よろしくお願いします」

手術が始まった。皮膚にドレープを張り、メスが入る。

「バイポーラ」

電メスで細かい出血を止め、術野を開く。

「……遅れてすまない」

静かに吉永の後ろに立ったのは、内海である。見学だけなので、術衣ではなく、清潔域用の白衣を羽織っている。

「まだ始まったところだ」

モニター管理をしながら、吉永は答える。

「術式は骨接合術。膝のほうからクローバー型のキュンチャーを打ち込む。年輩だとエンダーピンでもいいんだが、まだ過激な運動をする可能性のある年代だし、骨自体の強度もあるから、キュンチャーを使用する」

「イメージください」

春谷の声がした。控えていた技師が外科用イメージをセッティングする。

「長さは……」

骨髄内に打ち込むキュンチャー釘《てい》は、長さをきちんと決めることがいちばん大切だ。長すぎれば骨から飛び出した形になって痛みを与えるし、短ければ強度が足りずに再骨折を起こす可能性もある。

「ああ……それでいいですね。角度は……」

〝ん？〟

少し身を乗り出して、モニターを見ていた吉永は、手術室の隅にいる恵実の顔を見て、眉をひそめた。

「おい……」

後ろにいる内海を軽く肘でつつく。

「どうした」

内海が答えようとしたときだった。ぐらりと恵実の身体が揺れた。両手で口元を押さえるようにして、その場にしゃがみ込んでしまう。

「せ……っ」

思わず大声になる看護婦を視線で抑え、内海はすっと彼女のそばに近づいた。

「……気分が悪いの？」

恵実がこくりとうなずく。

「ここじゃだめだから、ちょっと向こうに行って休もう。立てる?」

「はい……」

内海は横顔で吉永にうなずくと、恵実の腕を支えるようにして、手術室を出た。


「ご迷惑をおかけしました」

恵実が休んでいる処置室に、手術を終えた春谷が訪れたのは、一時間ほど後だった。

「……貧血ですね」

内海はごくあっさりと言った。

「睡眠や食事もあまりきちんととれていないようですし、血液検査上もＨｂがずいぶんと下がっています。消化器症状も少しあるようなので、内視鏡検査をすすめておきました」

「消化器症状……?」

「ええ」

内海はカルテをぱらりと開く。

「上腹部痛、食思不振、吐き気……僕もＭＧの経験者なのでわかります。本人はあまり気がすすまないようですが、検査はしておいたほうがいいと思います。先生からもすすめておいてください」

「……わかりました」

春谷は少し青ざめて見える顔でうなずいた。

〝ん……？〟

「妹は……？」

「そちらで休んでいます」

春谷はカーテンをくぐると、処置ベッドの並んでいるところまで歩いていった。

「……」

ベッドの脇に無言で立つ。意外なことに、先に口を開いたのは恵実のほうだった。

「迷惑をかけて……すみません」

点滴を受けながら、彼女は消え入りそうな声で言った。

「あの……」

「迷惑をかけたと思っているなら、内海先生の指示にきちんと従いなさい」

春谷の声は、意外なくらいひんやりとしていた。

「自分もコントロールできない者に、医師になる資格はない。体調が整うまで、実習見学は許さない。まずは身体を治しなさい」

そして、くるりと背を向けてしまう。

「では……内海先生」

「え……」

「すみません。ご迷惑でしょうが、よろしくお願いいたします」

呼び止める間もなく、さっと出ていってしまう春谷を見送って、内海はすうっと目をすがめる。

〝何か……変だぞ……〟

背後で、恵実のすすり泣く声が聞こえる。内海は頭を抱えたい気分で、その場に立ちつくす。

〝悪い予感ほど当たる……か〟


「で？」

シャワーで濡れそぼった髪を拭きながら、吉永が言った。

珍しくも吉永のマンションである。いろいろなごたごたに巻き込まれ、すっかり帰りが遅くなってしまったので、少しでも病院に近い吉永のマンションのほうに帰ることにしたのだ。当然、明日の早い内海は泊まることになる。

「ああ」

すでにソファにくつろいでいた内海は、軽く肩をすくめた。

「内視鏡で十二指腸に小さな潰瘍が見つかった。入院するほどのものではないから、まぁ……今日一晩泊まって、明日には退院だ。一週間も休めばいいだろう」

「しかし」

冷蔵庫を開けて缶ビールを取り出し、ぷしっと開けながら、吉永はリビングに入ってくる。

「春谷サンの……そういう木で鼻をくくった物言いも珍しいな……」

「そうなんだ」

内海もうなずく。

医師モードに入った春谷が、一瞬にしてプロフェッショナルに変身するということは聞いていたが、今日のあれはまた意味が違うような気がする。あれは……単に肉親を突き放しているだけである。言ってみるなら、兄妹喧嘩の冷戦バージョン拡大版といったところか。

「どうも……関係がこじれているという感じだな。まぁ、何にしても関わらないほうがいいと思う。何だったら、彼女も体調崩していることだし、春谷先生に申し入れて、実習を中止してもらったらどうだ?」

「うーん……」

ビールを飲みながら、吉永は唸る。

「しかし……せっかくの機会なんだしなぁ。学生の頃に現場見るのは悪いことじゃないと思うし……ただでさえ、外科系は数が少ないんだから、こんなことで外科志望をやめてほしくないし……」

「相変わらず、グローバルだな」

内海は苦笑する。

「まぁ、実習指導医である君がそう言うなら、かまわないが。ただ……」

「ただ？」

内海はちらりと視線を上げる。

「あんまり、振り回されるなよ」

ACT 4

「雪か……」

整形外来に座っていた吉永は、窓の外を見ながら、ぼんやりとつぶやいた。

先ほどから雪が降り始めていた。ほんの少し……ひらひらと舞う程度なのだが、このあたりでは十分に珍しい。

「事故が増えるかなぁ……」

「情緒もへったくれもないのね、先生って」

診察介助についていた看護婦が顔をしかめる。

「もうちょっと、ロマンティックなこと、考えられないわけ？」

「ロマンティックって言われてもなぁ……」

九州生まれの吉永にとって、雪はそれなりにロマンティックなものであるのだが、職場にいる限りは、やはり職業優先となってしまう。

「そういや」

吉永はくるりと椅子ごと振り向いた。

「春谷さんは北海道だっけ。雪とか珍しくないだろ？」

診察室の隅、邪魔にならないところに座っていた恵実が顔を上げた。潰瘍のため、一週間だけ実習を休み、今日からまた出てきたのだ。

「ええ。何だか懐かしい気がします」

「え？　春谷先生、北海道の方なんですか？」

恵実が春谷の妹であることはみんな知っているのだ。

「何か……イメージじゃないなぁ」

「てっきり東京だと思ってた」

看護婦たちが口々に言う。

「あ、でも……兄は中学から寮のある学校に入っていましたから」

「北海道の？」

「いえ、東京です」

「じゃあ、もう、北海道より東京のほうが長いんだ」

「はい……」

さっと、ブースにかかっているカーテンが開いた。処置番の看護婦が顔を出す。

「先生、お疲れさまでした。午前の受付終わりました」

「お、サンキュ」

患者が切れると、さっと外来から姿を消してしまう医師も多いのだが、吉永は律儀に時間までちゃんといるほうだ。だから、こうして看護婦が声をかけてくれる。

「じゃ、俺メシ行くから」

「お疲れさまでしたぁ」

「お疲れさまでぇす」

看護婦たちの声を背中に、吉永はすっと立ち上がり、羽織った白衣のポケットに手を突っ込みながら歩き出した。

「あ、あの……っ」

「あ?」

廊下に出たところで、声をかけられて振り向く。立っていたのは恵実だった。

「どうした? メシ行っていいぜ。午後は回診だから、カンファランスにいてくれれば……」

「お昼を……っ」

吉永の言葉を遮るように、恵実が言った。

「お昼をご一緒しても……よろしいでしょうか……っ」

「あ?」

吉永は目をぱちくりと見開く。ちょっと間の抜けた顔をすると、実年齢が嘘のように、少年ぽい表情になる。

「いいけど……春谷さん、弁当だろ? 俺、職員食堂だぜ?」

「い、いえっ、今日はお弁当じゃないので……」

「そう」

　吉永はあっさりとうなずく。

「別にいいよ。ついてくればいい」

「はいっ」

　お堀のカルガモよろしく恵実を従えて、食堂に向かいながら、吉永はちょっとだけ眉を上げた。

〝何なんだ、いったい……〟


　佐倉総合病院の職員食堂は、実にあっさりとしたメニューになっている。二種類の定食とカレー、うどんだけというシンプルさだ。外来者も入れる一般食堂のほうはもう少しましなのだが、何といっても、ここの利点は早さと安さである。

「吉永先生は」

　さすがに病み上がりらしく、うどんを少しずつすすりながら、恵実が言った。

「九州の方なんですね……」

「実家は博多だ。でも、大学からずっとこっちだからな。人生の半分くらいはこっちにいることになるか」

　今日の定食は鮭の切り身である。細かくほぐすこともなく、吉永はかぶりつく。気持ちいいほどの早さで、トレイが空になっていく。

「じゃあ……ひとり暮らしなんですか？」

「あ？　ああ、一応そうだな」

　確かに暮らしているのはひとりだが、実際ひとりでいるのは月の三分の一ほどだ。後の三分の一は内海が来ているし、もう三分の一は吉永が内海のところにいる。過不足なく、ちょうどいいバランスだと吉永は思っている。しかし、そんなことはここで言う必要もない。

「春谷さんも……大学からこっちなんだな？」

「あ、ええ。でも、用心が悪いからって、ひとり暮らしはさせてもらえません。女の子ばっかりのドミにいるんです」

「ふーん……」

「うちのドミはわりと自由なほうで、自炊もできますし、門限もないんです。でも、ドミの中に親族以外の男性は入れませんけど」

　うどんを一本ずつ食べて疲れないのかと、吉永は妙なところに感心する。妹の晶《あき》や姉のゆりだったら、十分くらい前に食べ終わっていたのではないかと思う。同じ女性でもこれほどまでに違うものか。

「父が私をドミに入れるために上京したとき……」

意外なくらい、恵実は饒舌《じょうぜつ》だった。まるで吉永の言葉を恐れるかのように次から次へとしゃべり続ける。

「……だから、一応お料理なんかは多少できなきゃいけないと思うので、お弁当だけは作るようにしているんです……」

恵実の前のうどんはすっかり冷めてしまったようだ。吉永のトレイはとっくに空になっている。

「吉永先生」

突然背後から声をかけられて、吉永は飛び上がりそうになった。恵実のおしゃべりに翻弄されたのか、注意力が散漫になっていたようだ。

「はいっ?」

慌てて顔を上げると、いつの間にか春谷がそばに立っていた。どうやら、吉永の後ろの席にいたらしい。

「あさって、側わん検診が入っているんですが、お聞きですか?」

「あっ、忘れてた……」

佐倉総合病院では、近隣の小中学校十校ほどの脊椎側わん症二次検診を行っていた。学校の検診で引っかかってきたグレイゾーンを病院に連れてきて、精密検査という形をとるのだ。

「……今回は私がいただきましょうか」

春谷が言った。

「午後いっぱいくらいでどうにかなるでしょうし」

「いいんですか？」

子供相手の検診はかなり疲れる仕事だ。普通は二診体制でやるのだが、この日は田辺が所用で休みを取り、加藤は大学のほうに行っている日だ。回診もあることを考えると、誰かひとりが犠牲になるしかない。

「……先生のオペ患いますけど……」

ちょっと上目遣いになりながら言った吉永に、春谷はクスリと笑った。

「お気遣いなく。朝のうちに見ておきますから、先生もちらっと覗いていただければ」

子供相手の検診か、回診かと言われたら、吉永は一も二もなく回診をとる。しかし、医長という立場上、それを口にできなかったのだ。

「……申し訳ありませんっ」

春谷の気が変わらないうちに……というわけでもないのだが、吉永はぱっと頭を下げる。

「お言葉に甘えます」

「どういたしまして」

ちらりと春谷の視線が流れた。

「……いろいろとご面倒もおかけしていますので」

不意にがたんっと音がした。二人の医師が振り向くと、恵実が立ち上がるところだった。

「……私、先に行ってますっ」

「え、おい……」

「先生っ、私、明日はお弁当作ってきますからっ」

そして追いかける間もなく、恵実は半ば走るようにして、食堂を出ていった。

「……」

吉永は無言で肩をすくめる。春谷は……笑っているとも怒っているともつかない、何とも中途半端な表情で小さく会釈し、静かに食堂を出ていった。


吉永は外科系医局に素早く滑り込み、周囲に誰もいないことを確認すると、そっと受話器を取り上げた。ちらりと壁に貼ってある院内電話番号表を確認して、プッシュボタンを押す。

「……ああ、俺だ」

電話はすぐに繋がった。目的である相手がすぐに出てくれたことにほっとする。電話の向こうは、いぶかしげに語尾を上げる。

「……仕方ねぇだろう。何でだか知らんが、離れてくれねぇんだから」

内線電話でなぜこんな会話をしなければならないのか、情けなくなってくる。

「……あんた今日……げ、そうだったか……」

頭を抱える。一気に表情が冴えないものになる。

「……ま、仕方ねぇな。……ああ、わかった」


「はい、カンファランス……」

電話にいちばん近いところにいた内海が、コール一回で受話器をとった。

「……何だ、いったい」

内海の声がすうっと低くなった。彼宛の電話と悟ったらしい田辺と恵実、加藤の視線が離れていく。

「ああ、今ここだ」

すっと身体を返して、さりげなく窓のほうを向く。

「……今日は当直日だ。忘れたか?」

電話の向こうは、叱られた犬のようだ。しゅんと声のトーンが下がる。

「夜にでも電話する。時間があったらな」

そして、内海は静かに電話を切った。


当直には波がある。次から次へと患者が来たり、救急車が入ったりで、一睡もできない夜もあれば、開店休業状態で、当直手当をもらうのが申し訳ないような夜もある。今夜の当直帯は、差しずめ後者の代表格のようである。夕食をのんびりと食べた後、内海は風邪の患者を二人ばかり診ただけで、すでに深夜帯に入っていた。

「そちらも閑古鳥《かんこどり》ですか」

カンファランス・ルームで、持参のノートパソコンを開いていた内海に、柔らかい声がかけられたのは、零時を少し回った頃だった。

「ええ。外科もですか」

佐倉総合病院では、外科系、内科系それぞれ一名の当直医を置いている。それで対処しきれない場合に、ポケベルや携帯電話で待機が呼ばれるのだ。

「そうですね。三人くらい診ましたか」

入ってきたのは、春谷だった。こんな時間でも、きちんとケーシータイプの白衣を着、長白衣を羽織っている。内海のほうはすでにネクタイを抜いた姿だ。

「コーヒーもらえますか」

「この時間に？」

思わず内海は返す。春谷は苦笑した。

「精神安定剤ですよ。眠気覚ましというより。私は喫煙習慣がない代わりに、カフェイン中毒の気があるんです」

手早くコーヒーメーカーをセットして、コーヒーを落とし始める。

「ファイリングですか」

内海がいじっているパソコンの画面を覗き込んで、春谷が言った。

「いいソフトありますか」

「ないですね」

内海はさらりと答える。

「ひとつの記憶媒体から読み出して、ファイリングする分にはいいんですけど、複数の媒体にまたがるとだめですね。容量も食ってしまうし」

「そうですね……」

春谷がそばに来ると、シャワーを浴びたばかりらしいいい香りがする。内海はゆっくりと顔を上げた。

「春谷先生」

「はい？」

「差し出がましいかとは思いますが……ひとつお伺いしたいことがあります」

少し改まった内海の物言いに、春谷は軽く首を傾げながらも、椅子を引いて座った。内海はパソコンの停止処理をし、ポットに常に作ってあるお茶を注ぐ。

「妹さんのことです」

「……ええ」

予想はしていたのかもしれない。春谷はそれほど意外そうな表情は見せなかった。

「……さぞや、妙な兄妹だとお思いでしょうね……」

苦笑する春谷に、内海は軽く首を振った。

「家庭の事情は人それぞれですし、性格もまちまちですから、一概にこうとは言いきれませんけど……ただ、吉永……先生がだいぶとまどっておられるようなので」

さきほど、吉永との一時間近くもかかった電話を切ったところだった。一見、人づき合いのうまそうな吉永だが、逆に言うなら、人を突き放すことのできない性格でもある。おずおずと後をついてくるだけだった恵実に突然張り付かれ、完全に腰の引けた状態になっているのだ。一週間実習を休んでいる間に、彼女はいったい何を考えたのだろう。

「妹さんのあり方がどうもつかめないようです。近づくと萎縮してしまう。仕事上の注意を与えると泣きそうになる。しかし、離れてもくれない。実習というより、ちょっとプライベートにつま先をかけたあたりで、彼に依存してくる。やはり、彼も独身の男性ですしね、ちょっと困っているようです」

「……吉永先生には、申し訳ないと思っています」

春谷は静かな声で言った。

「しかし……恐らく、私が指導医になったとしても、結果は同じだと思うんです」

「どういうことですか？」

コーヒーを一口飲み、彼はため息をついた。

「たぶん、事情はお聞き及びと思いますが……私と妹は半分だけ血が繋がっています。異母兄妹というものです」

「ええ」

「義母が父と再婚して、恵実が生まれた頃には、私はすでに家を出ておりましたので、彼女たちと生活を共にしたことは全くありません。というより……共にしないようつとめていました」

「え？」

内海は顔を上げた。少し目を見張って、春谷を見つめる。

「つとめていたって……？」

「……子供じみた意地……みたいなものでしょうか」

春谷は少し気恥ずかしげに視線を外す。

「私の母は、私が本当に小さい頃に亡くなっていますので、別に父の再婚に対して、反対するとか……そういう気持ちは全くありませんでした。ただ……突然他人が自分の家に入ってくることに対する子供じみた恐怖感、喪失感、孤独感……そんなものにどっぷりと浸ってしまったのだと思います。特に恵実が生まれてからは、何となく実家への足も遠のいて、ほとんど帰ることもありませんでした」

内海は薄いお茶をすすりながら、考えを巡らせた。

「……そのことについて、ご両親は？」

「父は特に何も。子供じゃないんだから……という考えがあるようです。特に跡を継ぐような家でもありませんし、何とも。問題は、むしろ義母のほうです」

「お義母さん？」

春谷は軽くうなずくと、少し居心地悪そうに足を組み替えた。涼しげな目を伏せ、彼は言葉を選びながら続ける。

「私と義母は、いわゆるなさぬ仲……というものになります。私自身はそれほど気にもしていないのですが、やはり義母からすれば、世間体というものがあるのでしょう。学校が一区切りつくたびに、しつこいほど帰ってこいと言われました」

「でも、先生は帰られなかったわけですね？」

さらりと返す内海に、春谷は苦笑する。

「ええ。帰れば帰ったで、さまざまな面倒が起こることは目に見えています。私は決して穏和な性格ではありませんし、どちらかといえば、気が短いほうです。自分のいない間にさまざまな所で変わってしまった家庭に、すんなりとなじめるとは思っていませんでしたから」

あまりに聡明にすぎる知性というものは、ときに人生の平穏を奪ってしまうものだ。何も気づかない振りをして、すうっと溶け込んでしまえばいいのに、怜悧な知性はいろいろなシチュエーションをシミュレートして、自ら選択の範囲を狭めていく。

「でも、そんなことを考えていたのも、大学の二年くらいまででしたね。その後は忙しさに紛れて、遠方にいる家族のことなど考えもしなかった……」

「考えないようにしていたんでしょう」

ほとんど反射的に、内海は言った。

「考えると面倒になる……煩わしいことになる……だから、考えない。そちらに思考が行くのを、他のことで頭をいっぱいにして遮ろうとした……」

「内海先生……」

内海はちらりと視線だけを上げる。淡い瞳は蛍光灯の光を吸って、一瞬金色にさえ見える。

「違いますか？」

病棟から、ガラス扉一枚で隔絶されている医局は、夜になると全く音が届かなくなる。怖いほど静かだ。

「……見てきたようなことを仰いますね……」

春谷の声がすうっと低くなった。下から睨み上げるような視線。もともと涼しげに切れ上がっている目元がくっとつり上がって見えた。しかし、内海は動じない。ひんやりと冷たく醒めた瞳で、春谷を眺めているだけだ。

「見てきたというより、自分が感じてきたこと……自分が通ってきた道ですよ」

あっさりと内海は言った。

「今でも継続中ですね。たぶん一生ものでしょう」

「内海先生……」

内海はついと立ち上がると、巻き上がっていたブラインドを下ろした。ちらちらと舞っていた白い欠片が一瞬にして視界から消える。そして、ベルベット・ブルーの闇も。

「いえ、血が繋がっている分だけ、僕の方が業が深いかもしれませんね」

そのまま出窓に寄りかかり、内海は軽く腕を組む。

「家族とはどういうものなのか。どういう距離感で接すればいいのか。どう接すれば、普通の家族、普通の兄弟なのか。こんなことは子供の頃に、誰に学ぶともなく体得するものだと思うのですが、僕はそういう手順を踏まずにここまで来てしまいました。今更、どうにもなりません」

「えっと……」

春谷らしくもない、とまどった声を出して、彼は内海の端正な姿を眺めていた。

「内海先生は……」

「今は完治していますが、僕には持病がありまして」

内海は淡々と言った。

「俗に言う手のかかる子供だったんです。幼い頃から、両親は弟そっちのけで、僕にばかり手をかけた。仕方なかったんです。病気が出てしまえば、日常生活に即差し支えるという類のものでしたから、僕は両親に依存して過ごすしかなかった」

「……」

「それは、僕のなけなしのプライドをいたく傷つけました。僕は親なしじゃ生きられないのか……ずっとこのまま、甘えて過ごしていくしかないのか。今から思えば、何を深刻ぶってと思うのですが、十才にも満たない子供にとっては、人生の大問題だった。僕は肉親から距離をとり始めました」

春谷は、内海の言葉を無言のまま聞いている。

「病気が出たら、すべては台無しになる。だから小学校以来、修学旅行に行ったことはありません。僕が行くんだから、僕が決める……さぞかし、可愛いげのない子供だったでしょうね」

「いや……」

「大学進学を機会に、僕は家を出ました。というより……家に残ったんです。家族は新築した家に移り、僕は今ひとりで暮らしています。もちろん、親に恨みは全くありませんが、もうここまで来てしまうと、どこからどこまでが意地で、どこからどこまでが本当なのか、すでにわからなくなっています。ただ……」

内海はうっすらと笑う。

「本当に距離のとり方がわからないんです。どこまでが甘えで、どこからが普通なのかが」

「内海先生……」

「しかし、僕がわからないのは」

内海はごく自然に、さらりと言葉を続けた。うち明け話などなかったかのように。

「妹さんのことです。妹さんが何を考えてるのか……何を考えて、吉永に接しているのか。吉永自身もよくわからないと言っていましたが」

「お恥ずかしい話ですが」

春谷は冷めてしまったコーヒーをゆっくりとすすってから言った。

「正直なところ、妹のことは全くわかりません。さっきも申し上げましたとおり、一緒に暮らしたこともありませんし……医学部に行ったくらいのことは知っていましたが、整形を志望していたとは……」

「先生がご存じないということは、ご両親もご存じないというわけですね」

「はい？」

「ご両親が知っていらしたなら、先生に一言あるでしょう。肉親が、同じ東京で整形外科医として勤務しているんです。そこで実習しないまでも、どこかいい実習場所はないかと言ってくるのが普通でしょう。それがなかったということは……知らなかったということです。どちらにしても、五年生くらいでは専門がまだ固まらないのが普通ですから」

「……そうですね」

内海の冷静な分析を、春谷は少しうつむいたまま聞いている。

「先生は……とても強い方ですね」

「はい？」

優美に首を傾げた内海に、春谷はため息交じりに言う。

「本当に……強い方だ。私がずっと認めたくなくて……逃げ回っていた事実をきっちりと受け止めている。自分の中で納得している。私には……とてもできないことだ」

「そんなことはないと思いますよ」

内海は淡く微笑む。

「先生ほど、家庭的な事情が複雑ではありませんから。僕は自分が納得すればよかっただけです。人に理解を求める必要はないわけですから」

そのとき、電話が鳴った。不意に飛び込んできた乱暴な音に、春谷は肩を揺らしたが、内海は動じない。

「はい、カンファランス……はい……はい……わかりました。すぐ行きますから」

抑揚に乏しい声で答え、内海は受話器を置いた。

「すみません。病棟で急変が出ました。外来お願いしてもよろしいでしょうか」

すっと体を起こしながら言う内海に、春谷はうなずく。

「承知しました。もし手が必要でしたら、いつでも」

「ありがとうございます」

内海は飲み終えたカップをざっと洗うと、ドアに向かう。

「……内海先生」

ノブに手をかけたところで、春谷が声をかけてくる。

「はい?」

ドアを開き、廊下の薄闇に横顔をさらして、内海は視線だけを滑らせた。

「いえ……」

少し笑って、春谷が軽く手を振る。

「何でもありません。お気をつけて」

ACT　5

　カンファランス・ルームのテーブルには、きれいに詰められた弁当が二つ並んでいた。

「あ、あの……？」

　目を白黒させているのは、吉永である。

「これ……」

「約束しましたでしょ？」

　にこにこしているのは恵実である。

「お弁当作ってきますって」

「約束は別に……」

「私が作りたかったんです。食べていただけますよね？」

「はぁ……」

　カンファランス・ルームには、すでに食事を終えたらしい田辺がいた。いくつかある観葉植物の手入れをしながら、ちらりとこちらに視線を流している。

「でも、俺ばっかり……」

「だって、私がお世話になっているのは吉永先生ですからっ」

「……」

すっと吉永が顔を上げた。

「それ、大いなる勘違い」

ぴしりと低音が放たれる。

「君の指導をしているのは、俺だけじゃない。他の先生方もそうだし、看護婦たちもそうだ。もし、君が俺以外を見ていないとしたら、それは勉強の機会を自ら放棄しているのと同じだぞ」

「……先生……」

大きな目にじわっと涙が浮かぶのを見て、吉永はその場から逃げ出したくなる。

「……そういうつもりでいてもらいたいってことだ」

そして、そそくさと言うと弁当の蓋を取った。

「……いただきます」


『それで……お味は?』

内線電話の向こうは、くすくす笑っている。

「……俺に聞くか、それを」

外科医局の片隅、吉永は受話器を抱え、こそこそと話している。

佐倉総合病院外科医局は男性医師のみの構成である。着替えなどもほとんどここでやってしまう。よって、基本的に女性は立ち入らないほうが賢明ということになっている。気まずい思いをしたくなければだ。

「申し訳ないが、俺が何年自炊してると思ってるよ」

『君のそれは、たぶんに趣味の域だと思うぞ』

電話に答える内海の声も低い。内科医局には誰かいるのだろう。

こんな不自由なコミュニケーションは、吉永とてやりたくないが、やはりことが愚痴となると、あまり人には聞かれたくないし、恵実にでも聞かれたら、また派手な愁嘆場だ。それだけは避けたい。かといって、内科医の内海が頻繁に外科医局に出入りするのも何となく変だ。今まではカンファランス・ルームにたまっていればよかったのだが、恵実がそこに陣取ってしまってはどうしようもない。

「俺が冷凍食品やコンビニおかずが大嫌いなの、あんた知ってるだろうが」

『へぇ……』

内海の声が少しからかいを帯びる。

『愛情手作り弁当が冷凍食品か？　愛が足りないな』

「んなもん、はなからねぇな」

吉永はすぱりと言う。

「どうもなぁ……腑に落ちねぇ」

『何が』

「彼女の態度」

吉永はすっかり量の増えてしまった煙草をくわえる。軽い煙草では刺激が足りなくなってしまい、久しぶりにノーマルな煙草に復帰してしまった。内海には露骨に嫌がられているが、どうしようもない。

「あんたの言うとおりさ。あんないい加減な手作り弁当だったら、やらないほうがましだ。少なくとも、俺はそう思う」

直感と感性ですべてを判断していると、以前佐嶋に評された吉永だ。勘の良さは、内海も認めている。

「何か……引っかかるんだ。彼女の向いている方向がわからない。少なくとも、俺のほうを向いているわけじゃないと思うんだが」

『僕はそうであってほしくないがな』

さらりと内海は言う。

『君のほうを向いているのは、僕だけで十分だ』

「え……？」

何か、すごいことを聞いてしまったような気がする。思わず、聞き返そうとしたとき。

「吉永先生」

とんとんっというノックと共に、かわいらしい声がした。

「まだですか？　お昼休み終わっちゃいますけど」

（だーっ）

思わず、情けない声をあげてしまう。

「おい、内海……内海？」

電話はとっくに切れていた。


病棟回診を終え、指示出しや定期処方を切るために、吉永はナース・ステーションに入っていった。当然のことながら、恵実もついてくる。

「お願いします」

看護婦がカルテを積み上げる。いつもながらの光景なのだが、やはりうんざりするものがある。吉永はため息をひとつつくと、手近のカルテから広げた。

「あの、先生」

医師記載のページを開き、日付を打って記載を始めたところで、看護婦のひとりが声をかけてきた。

「あ？」

顔も上げないまま、返事をする。吉永の字は筆圧は高いが、読みやすい文字だと言われる。本人ほど癖がないのだ。

「今日の夜、お時間ありますか？」

「ん？　何で？」

コメントを入れ、次のカルテを開く。ほとんど流れ作業である。これで記載に間違いがないのだから、大したものだ。

「ちょっと、鍋パーティなどしようと思って。整形病棟のほんの内輪なんですけど。先生もいかがですか？」

吉永は振り向いた。

「こんなギリギリに言ってくるってことは……ドタキャンが出たな？」

にやりと笑って言うと、看護婦もえへへと笑い返してくる。

「ついでに財布も持ってこいってか？」

「ご名答～っ」

飲み会に誘う医者の利用価値など、これくらいのものだ。

「俺ひとりじゃ荷が重いぞ。他に誰かいねぇのか？」

「あ、春谷先生が。田辺先生と加藤先生はぺけ」

そう言って、看護婦はぽんと手を叩いた。

「そうだ。春谷さんもいかがです？　春谷先生もお見えになることだし」

「え……」

「ね、せっかく来ているんだもの。一緒に……」

「……私、行きません」

ぽつりと恵実が言った。

「え……？」

看護婦がきょとんと目を見開く。

「胃の調子、よくないし……」

「あ、そうか。そうだったわね」

ごめんねと手を立てる看護婦のほうもろくに見ないまま、恵実は言葉を続ける。

「吉永先生、大学に提出するレポート、そろそろ書かなければならないので、ご指導願えますか？」

「あ、ああ……いいけど」

そんな話は聞いていなかったと思いながらも、返事をする。

「じゃあ、明日の昼にでも……」

「あの、今日お願いしたいんです」

「え?」

吉永の手がぴたりと止まる。向こうに行きかけた看護婦も足を止めて、振り向いている。

「今日って……もう午後も遅いし」

「夜でもいいです。提出期限もあるので、どうしても今日お願いしたいんです」

声は小さいのだが、主張は譲らないという固い意志のようなものが窺えた。

〝なるほど、確かにあの春谷サンの妹だ……〟

「そう言われても……先約がある」

吉永は椅子の背に寄りかかり、恵実を見た。

「今聞いてただろ? 彼女たちのほうが先約だ」

「私のは遊びじゃありません」

〝おいおい……〟

背後の看護婦の表情が見てとれるようで、吉永は振り向く気にもならない。病院内で何が怖いと言って、看護婦を怒らせることくらい怖いものはない。医者がどんなに威張ったところで、彼女たちの助けがなければ、何もできないも同然なのだ。

「……吉永先生」

背後から声がした。低い。相当怒っている。

「……お店の名前と場所をお教えしておきます。絶対にっ！　いらして下さいねっ」

「……ああ」

「絶対にっ！　ですよっ」


引き戸を開ける前から中の喧噪が伺えて、内海は内心頭を抱えた。ただでさえ、人の多いところは嫌いなのだ。ついでに言うなら、飲む場所も好きではない。ほとんど酒が飲めないせいだ。さらに言うなら、何を思ってか、恋人は内海が外で酒を飲むことをひどく嫌がる。それなのに。

「……このツケは高くつくぞ」

ぼそりとつぶやいて、内海は店の中に足を踏み入れる。

「えっ、うそっ」

耳元で叫ばれて、思わず身を引いてしまう。

「内海先生っ」

両手で口元を押さえているのは、顔見知りの看護婦だった。

「……驚かさないで」

内海は苦笑する。

「吉永先生の代理だよ。力不足かもしれないけど」

「きゃあっ、先生なら大歓迎ですっ」

彼女に手を取られるようにして、内海は店の奥に導かれた。

「きゃーっ、内海先生ーっ」

「飲み会来てよかったーっ」

「先生っ、こちらどうぞー」

「えっ、ずるいーっ」

看護婦が十人ほどのこぢんまりした飲み会だ。テーブルの上には、大きな土鍋が二つ。なるほどこれがコンセプトなら、大人数にはできないだろう。

「吉永先生のピンチヒッターだよ。期待してた人、すまないね」

座りながら言った内海に、看護婦たちはにこにこと手を振る。

「いいえぇ」

「やっぱり吉永先生、アウトかぁ」

「え？」

看護婦が注いでくれるビールをもらいながら、内海は顔を上げた。

「やっぱり？」

「うーん……何かねー、カノジョが離さないだろうなーって……あ……っ」

そこまで言って、そのカノジョが春谷の妹であることに気づいたらしい。慌てて口をつぐむ看護婦のひとりに、おっとりと首を振ったのは、誰でもないその春谷自身だった。

「……わがままですまないね」

「す、すみませんっ、先生っ」

内海は、恐縮する看護婦たちと相変わらず穏やかな物腰を崩さない春谷を交互に眺める。

〝さて……〟


普段はほとんど出入りしない内科医局に吉永が滑り込んできたのは、ほんの三十分ほど前のことである。

「悪いっ」

入ってくるなり、いきなり拝まれた。

「何も言わずに、ここに行ってくれっ」

渡されたのは、内海も名前は聞いたことのある、病院近くの居酒屋への地図だった。

「整形の連中と春谷サンがいるから、適当につき合ってきてくれっ」

「……ずいぶんと急な話だな」

ちらりと視線を投げた内海に、吉永はただ拝み倒しの姿勢を繰り返すだけだ。

「事情は後で話すからっ」……。


「内海先生」

気がつくと、春谷がすぐ隣に来ていた。

「……ご迷惑をおかけしているようですね」

体格的には吉永とほとんど変わらないはずなのだが、彼ほどの圧迫感がないのは、少しなで肩気味の体型のせいだろう。

「いえ」

内海は小さく首を振った。

「迷惑をかけられているとしたら、僕ではなくて吉永です。お気遣いなく」

「恵実にも……困ったものです」

ビールを注いでくれながら、春谷が言った。

「どうしてだか、吉永先生に張り付いてしまって。いえ、確かに吉永先生は魅力のある方だと思いますし、医師としても尊敬に値する方だと思うのですが……」

「張り付き方が少し違いますね」

内海は言いにくいことをさらりと言う。

「相手に迷惑をかけ、周囲に反発を抱かせる。張り付き方としては最悪のパターンですね」

「……手厳しい」

さすがの春谷も苦笑している。

「内海先生は、外柔内剛《がいじゅうないごう》の典型のような方ですね」

「そうですか？」

内海は涼しい顔だ。

「先生ほどじゃないと思いますが」

「私は……ハリネズミ型ですよ」

すいと春谷がグラスを干す。冷酒か何かなのだろう……淡い飴色の液体をするりと喉の奥に送り込む。粋で男っぽい仕草だ。

「虚勢を張るばかりでね。いつも中でびくびくしてる」

内海はすっと視線を流す。春谷の端正な顔には、ほとんど表情というものがなかった。酔いはみじんも見えず、少し青ざめている感じさえする。

「仕事上はどうにでもなるのですよ。人格が変わる……とよく言われますが、いらないことをごちゃごちゃ考えなくなるだけの話です。自分の知識を総動員するのに精一杯で、その他のことを考えられなくなるんです。だから、いったん仕事に入ってしまうと妙に非情になる」

「そうでしょうか」

あまりうまい飲み方ではないと思いつつも、内海はビールをちびちびと飲む。外で酔うなというのは、吉永の厳命である。

「春谷先生は非情ではないと思いますよ。確かに、仕事に対して厳しい態度でいらっしゃるとは思いますが、それは非情ということではない。意味が違います」

内海はゆっくりと言葉を選ぶ。

「吉永もよく言いますが……先生と彼は、いろいろな意味で表裏一体です。彼は仕事とプライベートをほとんど分けないタイプです。どこを切っても吉永。表裏がないと言えばいいですが、実際は感性だけで物事を運んでいくタイプです。彼を、佐嶋先生は直感で人を見分けると評しましたが、なかなかに鋭い一言だと思います」

春谷は苦笑するだけだ。同じ仕事を分け合う医師である。彼のほうがむしろ吉永のことはよくわかっているかもしれない。

「先生は、すべてを理性で割り切っていくタイプなのでしょう。これはこれ、それはそれというふうに。僕もそういうタイプの人間なので、何となくわかります」

「せーんせ」

看護婦のひとりがすうっと近寄ってきた。

「ちゃんと飲んでます?」

「ああ、いただいてるよ」

春谷が穏やかに答える。

「内海先生とご一緒するのはほとんど初めてだからね。ちょっと、独り占めさせてもらってた」

「ほーんと、内海せんせが飲み会に来ることってありませんものね」

内海は軽く首を傾けて、微笑んだ。少しだけアルコールが入っているので、ほんのりと目元に血の色が昇り、怜悧なイメージが少し柔らかくなっている。向こうのテーブルの看護婦たちが、感に堪えないといった様子で手を取り合ったりしている。

「……あまり酒が強くないからね。醜態をさらさないように」

「吉永せんせに頼まれたの?」

「軍資金も預かってきたよ」

内海は軽くジャケットの内ポケットを示してみせる。看護婦はきゃあっと笑い崩れた。

「それも期待してましたけど。でも……春谷せんせ」

彼女はすっと膝を滑らせた。

「妹さん、どうしてあんなに吉永せんせにべったりなの? どうして、春谷せんせが面倒見てあげないの?」

「……」

思わず答えにつまってしまった春谷をちらりと見て、内海はさりげなく助け船を出す。

「僕も前の病院で弟と一緒に勤務していたけど、何だか、どう接していいかわからなかったね。肉親としての接し方そのままじゃおかしいし、かといって、あまり他人行儀なのもわざとらしいし」

「あ、先生の弟さんって……樹くん？」

「そう。お世話になったね」

樹は患者として、この整形病棟に入院していたことがある。看護婦がにっこりした。

「樹くん、元気ですか？」

「おかげさまで。もうじき結婚するよ」

「えーっ！　うそーっ！」

話題がうまくそれた。春谷がほっと肩の力を抜くのがわかった。


「……たでーま」

ドアが開き、疲れきった吉永の声。

「おかえり」

ソファで本を読んでいた内海が答える。

「遅かったな」

「早かったな」

声が重なり、二人は共に笑い出してしまう。内海が本を置くと同時に、吉永はソファにどさりと身体を投げ出し、恋人の首に両腕で抱きついた。

「……疲れた」

「ああ」

なだめるようにぽんぽんと背中を叩き、内海はうなずく。

「お疲れ」

人あしらいのうまい吉永がこれほどに疲れているのだから、まさに彼にとって、恵実はわからないところだらけの爆弾なのだろう。ことに、どこかでライバル心を捨てきれない春谷の肉親だ。気を使って当然である。

「……レポートの手伝いって言うから時間作ったのに……」

「ああ」

「全然レポートなんかやりゃしねぇ。恋人はいるのだの……学生時代はどうだったのだの……くだらねぇ話ばっかりだ。明日も早いんだろうから帰れって言ったら、もう遅いから送ってくれなきゃ帰れねぇっていう。俺は車じゃねぇから、タクシーで帰れっていったら、そんな金はねぇって言う」

「……送ったのか？」

「ああ。電車乗りついでだ。タクシー代は受け取れねぇって言いやがるからな。まったく……何考えてんだか……」

帰りのタクシーの中で、煙草を苛々と吸っていたのだろう。キスは少し苦い。

「……飲み会、どうだった」

「別に」

内海はさらりと答える。

「僕は人寄せパンダみたいなものだからな。春谷先生がうまく仕切ってくれて助かった。あの人、君と同じくらい酒が強いな」

「ああ。とりあえず、乱れたのは見たことがない。だから、あんたをやれたんだ。これで加藤みたいにべろべろに酔うやつだったりすると、とてもじゃねぇが、あんたを預けたりできないからな」

ちゃんと吉永も考えていたらしい。ライバルの力量もきちんと認めるあたりが、さすがに彼である。

「しかし……あと十日もこれが続くのかよ……」

吉永は頭を抱えている。

「俺、そのうちぶっちり切れると思う……」

「切れないさ」

内海は、吉永の頭を自分の膝の上に抱えた。

「君は自分で思っている以上に面倒見のいい性格だからな。自分を殺しても、最後までやり遂げる」

「……そうか？」

「ああ、そうだ」

内海が軽くぽんと頭を叩くと、吉永は照れたように笑う。

「何か……俺、あんたにうまくだまされているような気がする」

「だまされても、それで万事が丸く収まるならいいだろう？」

「ああ……そうだな」

吉永はふうっと息を吐き、目を閉じる。

「こら……寝るな」

「ちょっとだけ……」

「風邪ひくぞ」

「あんたが……温めてくれるだろ？」

すうっと滑るように眠りに落ちていく吉永を膝の上に抱いて、内海はちょっと肩をすくめた。

その日は、平穏無事に過ぎようとしていた。

「だから、あんな処置程度で顔背けてたら、仕事にならねぇぞ」

「だんだん慣れます」

「慣れるならとっくに慣れてる」

吉永はあっさりと言う。

「慣れる気にならなければ、いつまで経っても慣れねぇさ」

血に弱い人というのは必ずいる。これはどうしようもない。しかし、医師ともなればそんなことは言っていられない。

「とりあえず、直視はしろ。見てりゃ、どうにかなる」

「でも……」

「だーっ、甘えるなっ。医者の世界に、でもとしかしはねぇっ」

すぱりと言って、吉永は外来のブースに入る。

「で、レポートはできたのかよ」

「先生が手伝ってくださらないので、できません」

うふふと笑う恵実に、吉永は何となくずれている感じを味わう。

「あんた……」

「先生、今度飲みに連れていってください」

いきなり話題が飛んでいく。

「昨日は飲みにいけなかったでしょ？　今度は私がおつき合いしますから」

「別に、あんたと行きたいとは思わねぇ」

「ひどぉい」

明るく笑われて、彼女が本当に何も感じていないことを、吉永は痛感する。

〝……何か、欠落してる……〟

外来の椅子にかけ、吉永は深々とそこに身を沈める。

「いったい……」

「何か？」

「……いや」

吉永はぱっと頭を振り、わだかまりだした考えを追い出す。

「……オペの資料あたりするから、ちょっと静かにしててくれ」

「あ、私も……」

「隣のブースか、カンファランスに……」

そのとき、電話が鳴った。恵実が取ろうと手を伸ばすのを、吉永はぱっと出した手で押さえる。

「……整形、吉永」

『救外です』

看護婦の冷静な声が流れてきた。

『交通事故です。乗用車とトラックの二重衝突。重傷者が出ている模様です。救急車二台受け入れを要請していますが』

「……外科は」

『佐嶋先生です。整形がとれるなら、外科的には問題ないそうです』

「了解。とってくれ」

吉永は電話を切ると、さっと立ち上がった。羽織っていた白衣を脱ぎながら、きゅっと唇を引き締める。

「……行くぞ」

「あ、えと……」

恵実は椅子からも立ち上がらず、とまどった表情を見せている。

「私は……」

「さっさと来いっ」

そして、あとも見ずにブースを出た。

「救急車入りますっ」

ドアがさっと開け放され、慎重に救急車がバックしてくる。

「……オペ室は」

ぼそりと確認した吉永に、看護婦がうなずく。

「準備してあります」

車の後部ハッチが開き、ストレッチャーが引き出された。

「お願いします」

救急隊員がけが人を運び込んでくる。

「信号で止まっていた二台の乗用車に五トン車が突っ込みました。真ん中になった乗用車が大破しています」

二台の救急車から、それぞれストレッチャーが下ろされ、全部で五人のけが人が運び込まれた。

「わかりますか？」

吉永が血塗れになった患者に近づく。

「意識は清明です。胸をハンドルで強打、首も痛がっています」

救急救命士が言葉を添える。

「エアバックは……追突じゃ作動しねぇか」

ガラスも割れたのだろう。かなり顔面も切っている状態だ。

「レントゲン、準備は」

後ろで聞こえるのは、春谷の声だ。

「膝と大腿骨骨折疑いっ」

「腹部痛あり。CTは」

「ガーゼ。とりあえず留めるだけでいいから」

次々に声が飛ぶ。看護婦と技師が医師の指示に従うために駆け回る。

「……っと！　ガーグルベースっ」

内臓を痛めているのかもしれない。患者が血の混じったものを嘔吐する。

「佐嶋サンはっ」

「遅くなりました」

佐嶋が入ってくる。

「おっと、失礼」

呆然と立ちつくす恵実を軽く横にのけるような仕草をすると、佐嶋はすばやく患者に向かった。

「モニターつけて。ＣＴ大至急。プレーンでいいから」

「はい」

「佐嶋先生、そちらお任せしていいですか」

「わかりました」

動員をかけられたらしい田辺も入ってくる。

「先生、オペ室使えます。どうしますか」

「とりあえず……レントゲン撮ったら、病棟にいったん上げよう。ここじゃ、どうにもならねぇ」

「吉永先生、ナートは」

「あ、それはやってから上げる。田辺」

「はい」

「そっちのほう頼むわ。春谷先生」

ぱっと椅子を引き、患者のそばに座りながら、吉永は振り向いた。

「直達《ちょくたつ》かけたほうがいいですよね」

「ええ」

春谷は最短の答えを返す。口元がきゅっと締まり、目の光がきつくなって、目つきまで完全に変わっている。それは吉永や田辺、佐嶋も同じだ。オフからオンになる。それは見事なまでの変化だった。

「お任せしていいですか」

「わかりました」

春谷がうなずいた。

「病棟に連絡して。ＩＣＵに股関節直達牽引の準備を」

「ラインとって。あと血型を。オペ室にある代用血漿《けっしょう》持ってきてもらって」

「佐嶋先生、ＣＴ準備できました」

「ラインとってから行きます」

「ナート。糸……溶けるのある？」

「はい」

吉永の指示に看護婦がぱっと駆け出そうとして、恵実にぶつかった。戸口で両手を握りしめ、固く目をつぶっていた彼女は、看護婦の動きを避けきれなかったのだ。

「あ、ごめんなさい……」

看護婦のあからさまな〝邪魔〟という視線に、恵実は思わず後ずさる。

「恵実っ！」

突然、吉永が怒鳴った。

「しっかり見てろっ！」

狭い室内に満ちる血の匂い、患者が苦痛を訴える声、次々にあらわにされていく無惨な傷。刻々と変わっていく状況に、医師や看護婦たちは非情なほどに冷静だった。浮き足立っているものなどひとりもいない。

「で、でも……っ」

「医者になるつもりだったら、しっかり見てろっ。しっかり頭に叩き込んでおけっ」

そして、ぱっと体の向きを変え、ピンセットを使った精密な縫合に戻る。

「おやおや……とんでもないとこに来ちまったね」

はっと恵実が振り向くと、そこに立っていたのはゴージャスな美人だった。

結局、恵実はその場から連れ出されてしまった。設楽を見た瞬間に何だかほっとして気がゆるみ、貧血を起こしたのだ。結局、内科の点滴室で点滴を受ける羽目になった。

「あんた、何で医者になりたいの?」

点滴の速度を調節してくれながら、設楽は静かな声で言った。さすがに、吉永に面倒を押しつけたことに対して気が引け、様子を見に来たのだ。

「何で……整形の医者になりたいの? 整形の医者は、血を見なきゃ話にならない。そのたびにいちいち倒れてたら、話にならないよ」

「でも……っ」

「吉永に聞いたが……あんた、何かあるとすぐに目を背けたり、目をつぶったりするそうだね」

「そんなこと……」

「少なくとも私が見た限りじゃ、確かにそうだね。あんた、すぐに逃げたくなる性格なんだ」

恵実の細い指がぎゅっと毛布の端を摑む。

「……違う?」

設楽の非情な指摘に、その色あせた唇から反論はなかった。小さく漏れてきたのは……微かな嗚咽《おえつ》だった。

「……少し休みな」

設楽の優しい手が、ぽんぽんと毛布の上から襟元を叩く。

ACT 6

「内海先生」

医局の机で、ぼんやりとパソコンの画面を眺めていた内海は、突然声をかけられて、はっと振り向いた。

「ああ……すみません、驚かせてしまいましたか」

内科医局のドアを開け、顔を覗かせていたのは春谷だった。

「先生、まだ上がられませんか？」

「はい？」

「いえ」

周囲に誰もいないことを確認して、春谷が入ってくる。

「特に先約がないようでしたら、食事をしませんか？」

「？」

「いえ、普通だったら、飲みに行きませんかというところなんですが、先生はあまり飲まれないようだし」

「ああ……」

確かに自分は下戸だ。なるほど、それで女性を誘うような文句になってしまうのか。

「特に予定はありませんが」

吉永からは先に帰ってくれというサインを、すれ違いざまにもらっている。また、恵実に捕まっているらしい。彼女の異常と言っていい張り付きをどうにかするためには、春谷から何か情報を得ることも必要だろう。

「僕は食が細いほうなので、それだけわかっていただけるなら」

内海はパソコンの停止処理をすると、すっと立ち上がった。


春谷が案内したのは、ちょっと洒落た洋風懐石の店だった。個室というほどではないが、ブースがきちんとわけられていて、静かな雰囲気が漂っている。

「この前」

食前酒を小さなグラスで飲みながら、春谷が言った。

「救急搬入の大きいのがありましたでしょう？　二重衝突の」

「あ、ええ……」

「あのとき、吉永先生が妹を怒鳴りつけましてね」

「え……」

さすがにぎょっとして顔を上げた内海に、春谷はクスリと小さく笑った。

「救急現場なんて、職業訓練ができていなければ、男だってびびりますよ。修羅場ですからね。慣れが必要だ。しかし、その職業訓練も目を見開いて、しっかり見つめなければなされない。そこを先生は突いてくださったわけです」

しかし、吉永も思いきったことをしたものだ。救急現場には、恐らく春谷も居合わせたはずだ。そこで、妹である恵実を怒鳴りつけるとは。

「はぁ……」

いい度胸といえば、いい度胸ではある。

「正直なところ、私も恵実がいったい何を考えているのか、よくわからないのですよ」

食前酒を冷酒に切り替え、春谷は淡々と杯を重ねる。精緻《せいち》な細工と上品な味に整えられた料理もまた、一定のペースで消えていく。吉永のように旺盛な食欲を見せる感じはしないのだが、春谷もかなりの健啖家《けんたんか》だ。もっとも、それはきっちりとしまった体格を見ればわからなくもないが。

「……廊下で会っても、会釈すらしません。こっちからした挨拶もきれいに無視されてしまう。当然のことながら、これからのことへの相談も一切ない。同じ都内にいるのに……北海道にいるときと全く変わりがありませんよ」

「春谷先生」

内海の箸はごくゆっくりと動く。しかし、料理の味自体は薄味で気に入ったので、時間をかけて食べていく。

「先生は、なぜ医者になろうと思いましたか?」

さすがに冷酒には軽く口を付けただけだが、食事はゆっくりと進む。

「佐嶋先生のように、家が開業していたわけでもない。どうして、医者になろうと思ったのですか?」

「そうですね……」

手酌で酒をつぎながら、春谷はすうっと目を細めた。

「強いて言うなら……自分を試したかったということでしょうか」

酔うでなく、軽く意識を遊ばせるような感じで、ふんわりと春谷は言う。

「自分がどれほどのものなのか……どこまで行けるのか。そんなものを試したかったんでしょうね」

そこまで言って、春谷は苦笑する。

「……鼻持ちならない奴だとお思いでしょう?」

「おもしろい考え方と思います」

内海はすうっと視線を流しながら、ほとんど抑揚のない声で言う。

「そう……とてもわかりやすい理由です。それなら」

箸を置き、ごく華奢で、指に力を込めたらぱちんと割れてしまいそうなガラスの杯を手に取る。

「妹さんが医者になろうと思った理由は……何なんでしょう」


明かりもついていない深夜の部屋。寒々とした冬の部屋に、たったひとつ灯るのは赤い小さなランプ。

『……吉永』

信号音の後に、低く通りのよい声。

『雪が降ってきやがった。凍えねぇうちに帰ってこい』

そして。

『……あんたがいねぇと、俺も凍えそうだ』

ごく自然に受話器を取り、内海は声を吹き込む。もう届かない相手に。心を伝えるために。

「ああ……僕もだ」

そして、静かに受話器を置いた。

また後ろで、人のぶつかる気配がした。

「学生さん、邪魔だからどいてくれない？」

少しとがった看護婦の声。

「先生から離れたら、十分見学ができません」

語尾が震えながらも言い返すソプラノ。

「だーっ、うるせぇっ。どっちも出てけっ！」

最後に吉永が怒鳴る。整形病棟では、日々こんな不毛な争いが続いていた。

最初の頃の及び腰はどこへやら、恵実はさすがに春谷の妹だった。その頑固さ、意外な押しの強さはまさにそっくりだ。しかし、それが肝心なところではなく、吉永個人に張り付くという妙な場面で発揮されているのが悩みの種だ。看護婦たちの間でも、仕事の妨げになり、かつ人気のある吉永を独り占めしているという彼女に対する反発は、日々強まっている。

「どうしたもんかなぁ……」

頭を抱えながらも、女同士の感情的な争いに、吉永は首を突っ込みたくない。火に油を注ぐ真似は避けたいのだ。

「どうにもなりませんよ」

背中を撫で上げるような美声に振り向くと、術衣の上に白衣を羽織り、眼鏡をかけた姿の佐嶋が立っていた。軽い乱視という彼は、オペのときだけごく細いフレームの眼鏡をかけている。そうすると、もって生まれた貴族的な雰囲気が強まって、ますます近寄りがたくなる。ある意味悪循環かもしれない。

「理性で割り切れないことがあるから人間なんであってね。どうにもなりませんよ」

佐嶋は眼鏡を外しながら、さらりと言った。

「吉永先生と……内海先生はとんだとばっちりという気もしますが」

「内海？」

意外な名前が出てきたものだ。吉永はすうっと目をすがめる。

「……どうして、内海……先生が出てきます？　彼はこの件にはあまり関わりがないと思うのですが」

常識的に考えれば、今回のごたごたは整形……外科部門内でのことだ。内科医の内海に関係があるとは思えない。実際は、吉永の恋人であるがためにえらいとばっちりを食らっているのだが、あの内海がそうそう簡単にしっぽを出すとも思えない。

「おや、そうお思いになりますか？」

佐嶋は不思議な色合いの瞳を吉永に向け、意味ありげに笑う。

「まぁ……それならそれでもいいんですが。とりあえず、吉永先生にはもう少し我慢していただくしかないようです。頭を低くしてね」

「爆撃を受けないようにですか？」

情けない表情で言う吉永に、佐嶋は妙に決まった仕草で肩をすくめる。

「……被害が最小にすむようにですよ」


佐倉総合病院では、一カ月に一度「医局会議」がある。医師たちが集まり、食事をとりながら、いろいろな連絡事項や病院の経営方針や経営状態などを確認し合うためのものである。

「ええと……話はだいたい出尽くしたようですね」

司会役の内科部長が言った。

「ま、今年最後の医局会となるわけですが、来年もよろしくお願いいたします」

「よろしくお願いいたします」

何となくみんなで唱和し、ごく形式的な会議は一時間ほどで散会となった。

「お疲れさまでした」

「お疲れさんです」

医師たちは口々に挨拶を交わしながら、会議室を出ていく。

「さて……」

「内海先生」

椅子を引いて立ち上がりかけたところで、内海は後ろから声をかけられた。

「はい？」

振り向くと、立っていたのは春谷である。

「ちょっと……診ていただきたい患者がいるのですが」

「僕ですか？」

内海はちらりと視線を流す。春谷の斜め後ろ、やはり立ち上がりかけている吉永がいた。内海の視線を感じたのか、すっとこちらを向き、軽くうなずく。

「……構いませんが」

「ありがとうございます。左下腿の骨折で入院してきたんですが……」

「吉永先生。救外からお電話ですよ」

ちょうど鳴った電話をとった加藤が、吉永を呼んだ。今日は外科系当直に当たっている。患者が来たのだろう。

「今行く」

吉永は内海と春谷の後ろを通って、会議室を出る。微かに、いつも内海がつけているコロンの香りがした。

「おまた……」

救外に一歩踏み込んだ吉永は、患者然としている人物を見た瞬間に回れ右をした。

「あ、先生、ひどぉい」

くすくす笑っていたのは恵実だった。

「私、患者ですよ。帰りに玄関のところで足捻挫《ねんざ》しちゃったみたいで」

「急患じゃねぇだろ。明日、春谷サンの外来にでもかかれ」

「先生がいいんです」

二人のやりとりに、看護婦がすうっと離れていく。くだらないと言わんばかりの顔だ。

吉永はため息をつくと、診察用の椅子に座り、一応診察らしきものをする。

「……何ともねぇ。湿布でも貼っとけ」

ぽんと足首を叩き、体を起こそうとした吉永に、恵実が唐突に言った。

「先生、つき合ってる人っているの？」

「あ？」

下からいぶかしげに見上げた吉永に、恵実はさらに言う。

「好きな人って……いるの？」

「いたらどうだっていうんだ?」

吉永はすっと立ち上がり、そばのワゴンから湿布を取り出す。看護婦が来てくれないので、自分で伸縮ネットを切り、恵実の足首に湿布を貼って、ネットで固定した。

「春谷さんには関係ないだろう?」

「やっぱりいるんだ。ね、どういう人? 美人?」

「だから、あんたには関係ないと言っている」

「もしかして、設楽先生? すごい美人だし……」

「姉御は姉御だ」

吉永はドアを指差す。

「今日は当直だ。いくら脅したって送らねぇからな。とっとと帰れ」

「聞くまで帰らない」

「この……っ」

思わず、ぐっと拳を握ってしまってから、吉永は相手が若い女性であることに思い至る。

それならいっそ。

〝いっそ……っ〟

その瞬間、吉永の中の何かがぶつりと音を立てて切れた。

「ああ……」

吉永は両手を胸の前で組み、ぐっと背中を伸ばした。もともと百八十を軽く超える長身だ。いかに恵実が女として長身といっても、かなりの圧迫感であるはずだ。

「ああ……いるぜ」

「え……」

いないという言葉を期待していたのか……それとも、吉永が恋人の存在をこれほど簡単に認めるとは思っていなかったのか。恵実はふと真顔になって、言葉を失う。

「いるん……ですか……」

「いると思ってたんだろ」

吉永は言葉を投げ出した。

「ああ、いるぜ、恋人なら。とびきりのがね」

「うそ……」

今まで曖昧な言葉で、恵実の好奇心から逃げていた吉永が唐突に豹変し、生身の部分をむき出しにした瞬間だった。

「でも、看護婦さんたちも吉永先生はフリーだって……」

「フリーのわけねぇだろ。この年で独身の医者が」

吉永は偽悪めいた口調で続ける。

「俺にはもったいないくらいの美人だ。そこらへん歩いてりゃ、誰でも振り返るっていうとびきりの美人だぜ。顔も身体も最高。あいつ以上の人間には会ったことないな」

「吉永先生……」

「まぁ……見てくれと身体の相性だけなら他にもいそうな気はするが、あいつの場合、それだけじゃない。仕事の能力、人間的な出来具合、すべてがパーフェクトだと思ってる」

吉永は自信に満ちた表情で、恵実を見た。

「だから、そういうあいつにふさわしい男でいたいと思っているわけだ、俺はね」

「そんな……っ」

「相手をがむしゃらに欲しがるのもいいが、そのまえに、俺はいつもあいつに選ばれる男でいたいと思っている。だから、努力ってものをする」

吉永は腕を組んだまま、ついと顎でドアを示した。

「……というわけだ。お帰りはそちら」

恵実はぎゅっと唇をかんだままうつむくと、ぺこりとひとつ頭を下げて、ドアを引き開け、廊下へ出ていった。遠ざかる靴音が静かな院内に響く。

「……疲れる」

吉永は腕組みを解き、両腕をだらりと下げた。

「悪役って……俺には向いてねぇや」

春谷が住んでいるのは、病院からほど近いマンションだった。五階建てで入っている戸数は十戸。こぢんまりとはしているが、全体に瀟洒《しょうしゃ》な雰囲気が漂う。淡いクリーム色の外観も上品である。

「すみません。こちらから誘っておきながら、送らせてしまうなんて」

助手席でしきりに恐縮する春谷に、内海は淡く微笑んだ。

「お気遣いなく。下戸の宿命みたいなものですよ」

医局会議の後、内海は春谷に呼び止められた。仕事上の相談だったのだが、気がついたら、会議室に二人で取り残されていたのだ。誘われるままに飲みに行き、春谷を自宅まで送ってきたところなのである。

「こちらこそ、最近はごちそうしていただいてばかりで」

ここ一週間ほどは、吉永よりも春谷と時間を過ごすことのほうが多かったかもしれないと、内海は気づく。

なぜつき合うのかといえば、断る理由も特にないからだ。春谷と自分は根本の部分で似ているのだと思う。吉永のように、瞬時に反応する優れた反射神経をもち合わせない代わりに、自分たちは先の先まで洞察する力をもっているのだと、内海は思う。それはどちらが優れているというものではなく、もって生まれた性質の違いなのだろう。

「……内海先生とお話しすると、何となく安心できるんですよ」

春谷は苦笑しながら言った。

「先生はすべてを受け止めたうえで、冷静な言葉を返してくださる。こちらが考える時間を与えてくださる。何だか、余裕をもってお話しできるんですよ」

「僕は考えなければ、話ができないほうなので」

ブレーキを踏みながら、内海は淡々と言う。

「よくいえば慎重、悪くいえば臆病……ついでに勝ち気」

内海はクスリと笑う。

「人に言質《げんち》を取られるのが嫌なんです。常に優位に立ちたいタイプなもので」

「ご同様ですよ」

春谷も苦笑し、シートベルトを外した。

「内海先生、よろしかったら、少しお寄りになりませんか？　独り者の部屋なので、気兼ねはありません。多少……散らかっているかもしれませんが」

内海はちらりと時計を見る。まだ九時を少し回ったところだ。今夜は吉永も当直で、ひとりの夜だ。

そして……ちょっと確認しておきたいこともある。

「……それでは、お言葉に甘えてお邪魔させていただきます」

内海はキーを抜き、するりとしなやかな仕草で車を降りた。

春谷の部屋は、やはり彼の人となりそのままに、さっぱりと片づいていた。吉永の部屋のように調度品が少ないわけではないのだが、機能的に片づいている……そんな感じだ。

「ああ……春谷先生はマックなんですね」

スチールラックにきれいにおさまっているパソコンを見ながら言う内海に、春谷は軽くうなずいた。

「はじめがそっちだったんで、そのままです。いまさら、二つボタンのマウスには慣れなくて」

フローリングの１ＬＤＫだ。面積的には吉永の部屋とさほど変わらないのだろうと思うが、空間をうまく使っているのだろう。ずいぶんと広く思われる。

「こちらへどうぞ」

招かれたのは、おそらく外はテラスか何かなのだろう……床まであるブラインドのそばの椅子だった。いわゆるソファセットではなく、どちらかというとスツールに近いほど高い椅子が二脚とそれに合わせた高いテーブルがひとつ、素っ気なく置いてあるだけだ。春谷にコートを預け、内海はその椅子に座った。手近にあった紐を引くと、すっとブラインドが巻き上がる。

「ちょっといい眺めでしょう?」

タイマーか何かがかけてあったのか、部屋の中はすでに暖まっていた。曇るガラスを軽く指先で拭いて、内海は目をこらす。気を利かせたのか、春谷が部屋の明かりを落とした。ガラスに映っていた自分の顔がすうっと姿を消し、そこに広がったのは、きんと澄みかえった冬の夜空だった。

「こんなところでも、結構星が見えたりするんですよ」

「ええ……」

内海は外の景色に目を向けたまま、うなずく。

「やっぱり、高いところにあるせいですね。ああ……あっちが病院かな」

「内海先生」

ふと、意外なくらい近くで春谷の声が聞こえた。ほとんど耳元と言っていいだろう。内海はすっと軽く顎を上げたが、振り向かない。

「はい」

ブラインドの隙間から忍び込む冷気。すうっと足下が冷たくなる感触。

「お願いがあります」

春谷の声はいつもどおりの穏やかなものだ。滑らかで優しい声。内海は無言で先を促す。

また声が少し近くなった。

「妙なお願いだということは重々承知のうえです。しかし……あなたの存在はそれ以上のものだと思うので」

そっと肩に置かれたのは、春谷の温かな手だった。内海はそれをちらりと流した視線でとらえたが、何も言わない。春谷は小さくため息をつき、観念したという風に軽く首を振った。

「……やはり、口にしなければなりませんか?」

「察する……というのは、僕がいちばん苦手とすることです」

ようやく内海が口を開いた。

「それほど、人間がうぬぼれておりませんので」

いかにも内海らしいひねった答えに、春谷は苦笑する。

「それなら……改めて」

春谷の両手が、まるで内海が振り向くのをおそれるかのように、肩に置かれた。

「あなたを……ただの同僚以上のものと考えてもいいですか? 私を同僚以上のものと考えてはいただけませんか……?」

右手が肩から離れ、耳の後ろから頰へと滑ってくる。その滑らかな動きを、内海は妙に醒めた感覚でとらえていた。吐息が近づいてくるのがわかる。

「内海先生……」

内海はすっと軽い仕草で、肩に置かれていた春谷の手を外した。意外なほど軽くしなやかな仕草で。そして、少し腰を滑らせて、ゆっくりと振り向いた。

「内海先生……?」

冴え冴えとした瞳に、春谷は一瞬言葉を失う。淡いガラスのような瞳は、すべてを明瞭に映して、向かい合うものをたじろがせる力をもっている。

「その……答えを出す前に」

内海はゆっくりと言った。よく通る声だ。

「見ていただきたいものがあります」

「え?」

次の瞬間からの内海の行動に、春谷は息をのんでいた。

「う、内海先生……っ」

内海は春谷の目をまっすぐに見つめたまま、羽織っていたジャケットをとり、ネクタイを抜いた。シャツのボタンを襟元から外していく。下まですべてボタンを外し、内海はためらいもなく、胸を開いた。そして、右肩からシャツを滑り落とす。

「目をそらさないでいただけますか?」

内海の声は、ごく冷静だった。

「この……肩を見てください」

「え……?」

春谷の視線が戻ってくる。さらされた素肌には、一条の薄赤い傷跡。

「オペの……痕?」

「ええ」

うなずく内海に、春谷はそっと手を伸ばしてきた。しかし、その表情はさっきまでのプライベートなものではない。まさにオフからオンになる……医師のものだ。

「骨折……ではありませんね」

「前に申し上げたと思いますが。子供の頃から病気があったと」

「ああ……」

そこでうなずくあたりは、さすがに整形外科医だ。

「習慣性の肩関節脱臼ですか……」

「小学校に入るか入らないかの頃からです」

淡々と言い、内海はシャツを羽織り直した。ボタンをきちんと留め、少し迷ってから、ジャケットだけを羽織り、ネクタイはポケットに入れた。

「オペしたのはごく最近ですね」

春谷が言った。

「傷が……比較的新しい」

「ええ。四年ほど前ですか」

シャツの襟を直しながら、内海はあまり抑揚のない声で言う。

「春谷先生」

「はい？」

「先生なら、僕のような患者には何と言いますか？　習慣性の肩関節脱臼を子供の頃からもっていて、状態ははっきり言って悪化する一方でした」

「それは……オペをすすめるでしょう」

突然の問いに、春谷はとまどいながら答える。

「そのオペについては、何とお話しされますか？」

「内海先生」

「答えてください。医師の良識、あなたの良識にてらして」

内海の冴え冴えとした瞳に見つめられて、春谷は一瞬詰まってしまう。

「……肩関節脱臼のオペに絶対のものはないと……答えるしかないでしょう。脱臼の再発は防げるが、可動制限の出る可能性も否定できないと…言います」

「そうですね」

内海は穏やかに微笑んだ。優しい表情だ。

「僕を診てくれた医者はみなそう言いました。インフォームド・コンセントというものですね。だから、僕はオペできなかったんです。僕は医者です。自分の身体にも責任はありますが、患者にはもっと責任がある。昨日までできていたことが、今日はもうできない。そんなことは絶対に許されない。だから、確実性のないオペにかけるよりも、あるものをだましだまし使っていく……僕はそう言いました」

「しかし、あなたはオペしている……」

「ええ」

「どうして……」

「治すと言った男がいたからですよ」

内海はさらりと言った。

「絶対に治す。可動制限なんか残さない。完璧に治してやる。そう言った男がいたんです。だから……手術させろと言った奴がね」

虚をつかれたように、春谷が目を見開いた。

「絶対に……治す……」

「ええ」

内海は静かにうなずいた。

「だから、僕は手術を受けました。いえ……手術させてやったんです」

クスリと笑って。

「百でなければゼロだ。僕はそう言い続けてきました。だから、オペが終わった後、いちばん最初に言ったのがやはりそれでした。百なのか、ゼロなのか。彼は言いました。百だと」

「……伺ってもよろしいですか」

春谷が艶を失った声で言った。

「彼は……あなたにとって、どんな存在ですか？」

外は雪が降り出したようだった。さっきまでベルベットブルーだった空がぼんやりと明るくなり、ブラインドの隙間からちらちらと舞う影が見える。内海はするりと椅子から滑り降り、春谷の前に立った。気負うことも、緊張することもなく、ごく冷静な声で言う。

「……唯一無二の存在です」

「唯一無二……？」

「僕にとっては、誰も彼以上にはなれないし、彼にとっても、僕以上になれる人間はいないでしょう」

そして、すっと春谷の横をすり抜けて、リビングを横切っていく。

「お茶と……夜景をごちそうさまでした」

ほとんど音も立てずに、ドアが閉じた。

「寒くないのか?」

唐突に背後から声をかけられたにもかかわらず、吉永は大して驚きもせずにゆっくりと振り返った。ヒーターが効いているとはいえ、深夜のカンファランス・ルームは寒々としている。そこで吉永は、おなじみの術衣に白衣を羽織っただけの姿だった。

「ちょっとな」

読んでいた学会誌から顔を上げ、彼は小さく笑った。

「やりなれねぇこともやっちまったし」

「やりなれないこと?」

コートを脱ぎながら、内海は問い返した。ポットにいつも入っているお茶をカップに注ぎ、すとんと椅子にかける。

「あれ……?」

くつろいだ内海の姿を見ながら、吉永が微かに声をあげる。

「あんた……ネクタイどうした?」

内海はいつもきちんとネクタイを締めている。外来に出ることが多いという都合上なのだろう。スクエアなスタイルを崩すことはほとんどない。

「ああ……」

すっと喉元に手をやり、内海は小さく笑った。

「ちょっとした事故のようなものだな」

「事故？」

吉永は首を傾げる。どう見ても、内海はけがなどしているようには見えない。

「何だよ……事故って」

「吉永」

その問いには答えず、内海は机に肘をついて、吉永をじっと見た。

「謎がな、解けた気がするんだが」

「謎？」

雑誌を閉じ、吉永は椅子に深く寄りかかって、腕を組む。

「何だそりゃ」

「春谷兄妹の謎さ」

「ああ……」

吉永もうなずいた。

「謎が解けたって……あの妙な雰囲気がどこから来ているのかわかったのか？」

思わず乗り出す。

「ああ。たぶん正解だと思う」

内海は自信ありげにうなずいた。

「簡単なことだ。兄妹が兄妹として育ってこなかったから、おかしなことになったんだ」

「兄妹が兄妹じゃない？」

「ああ。ちゃんとした兄妹が兄妹としてつき合わなかった……そのことがそもそもの間違いだったんだ。大人になって、いきなり顔を合わせて、兄妹だといわれても……それは感情的に受け入れがたいだろう。しかも、妹のほうはいわゆる年頃だ。お互いを牽制しすぎたんだな」

「えーと……」

吉永は少し首をひねって、考え込んだ。

「つまり……肉親として意識する前に、男女として意識してたってことか」

「そこまで深刻じゃない」

内海は首を振った。

「少なくとも、春谷先生はね。他人として意識したってほうが正解だ。事実上は確かに肉親だが、春谷先生からすれば、赤の他人が突然家の中に入り込んできたような気分だったんだろう。そう……距離感がうまく摑めなかったんだ。兄妹としてのね」

「はぁ……」

吉永はわかったようなわからないような声を出す。

「何だかなぁ……頭のいい人の考えることはわからねぇや。兄妹は兄妹でしかないと思うがなぁ……」

「肉親だからこそ、距離感がうまくとれなくなることもあるんだ。……僕は何となく理解できる」

自分も、両親や樹との距離感に悩んだことがあった。どこまで近づけばいいのか、どこから近づいていけないのかがわからない。甘え方を知らない。それは少しだけ哀しい事実。

「……ま、お嬢さんのご滞在もあと何日でもないしな。目の前にいるから、いらないことをぐるぐる考えちまうんだろうが、いなくなっちまえば……」

あっさりと言う吉永に、内海は肩をすくめる。このとびきりのオプティミストにかかれば、深遠な悩みもたった数秒で片づけられてしまう。

「……そうだな」

内海は改めて、吉永に出会えた幸福を思う。彼の考えは寄り道や回り道をしない。いつも最短距離を選んで、ストレートに突き進む。それはある意味、無謀ではあるが、多分いちばん正しい方法なのだろう。少なくとも、彼のようにいつもしっかりと顔を上げている人間にとっては。その傍若無人さには、爽快感がある。

「確かにそうだ」

クスリと笑って、内海は手元にあったお茶を一口飲んだ。ふっとため息をついて見上げた時計は、じきに日付の変わる時刻を指している。

「もうこんな時間か……」

明日も診療日だ。いくらタフとはいえ、いつ叩き起こされるかわからない当直中だ。吉永を寝かせてやったほうがいいだろう。寝られるうちに。

「邪魔してすまなかった。そろそろ……」

「あ、内海」

立ち上がろうとした内海の肩を、吉永の手がすうっと押さえた。

「さっきの……答え、まだ聞いてねぇぞ」

「答え？」

いぶかしげに首を傾げる内海に、吉永はすっと指を伸ばして、襟元を示した。

「事故っての。ネクタイ外した事故」

「ああ……」

内海は軽く数度うなずいた。

「別に大したことじゃないんだが」

「大したことじゃないなら、教えてもいいだろ？」

食い下がる吉永に、内海は笑う。

「……そのとおりだな」

肩をすくめて、内海は軽いため息をもらした。

「医局会議の後、春谷先生と飲みに行って、彼のマンションまで送った」

「最近、あんたらつるんでるよな。まったく……春谷サンも俺に手のかかる奴押しつけて……っ」

「僕がつき合っているんだ。何となく……彼の考えてることを知りたかったから」

「俺の考えてることは知りたくないのか?」

拗ねる吉永に、内海はふんと軽く笑うだけだ。

「君の考えてることなんて、知りたくなくてもわかってしまうからな」

「ひでぇ」

吉永の抗議を無視して、内海は言葉を続けた。

「そこで……傷を見せることになってしまってね」

「傷……え……」

吉永は目を見開いた。隅から隅まで知り尽くした内海の身体だ。彼の身体に傷といえば、たったひとつしかないことは重々承知している。

「そっか……」

すうっと視線が滑る。内海のシャツに力を加えられた形跡はない。彼は自発的に傷を見せたのだ。どういう状況でそうなったかは……何となく吉永にも想像できる。

「……」

小さくため息をつき、吉永は少し強ばった笑みを浮かべる。美人で魅力的な恋人をもってしまった男の宿命とはいえ、にっこり笑うにはまだ修行が足りない。

「……それなら、見物料をもらわなきゃならないな」

「ああ……そうだ」

内海も微笑む。吉永は手を伸ばし、座ったままの彼の両肩を後ろから抱きしめた。うなじに顔を埋め、そっと唇を押し当てる。

「……職場だぞ」

「ちょっとくらいいいだろ」

「……何がちょっとだ。この手は何だ」

シャツのボタンを外しかけた手をぱちんと叩かれて、吉永はなお恋人を抱きしめる。

「……ずっと、あんたに触れてない」

「ああ……そうだな」

「おかしくなりそうだ」

「なってもいいが、うちに帰ってからにしてくれ」

「冷たいな」

「殴り倒さないだけましだと思え」

「あんたになら殴られてもいいかな」

遊びのような言葉を投げ合って、そっと唇が重なる。一瞬だけ深い口づけを交わし、その体温を互いの中にしまい込んで、唇は離れていく。

「……気をつけて帰れよ」

「君も眠れるといいな」

内海はするりと立ち上がると、吉永の肩にぽんと軽く手を置いた。

「……おやすみ」


駐車場で車の鍵を開けながら、内海はまだ明かりのついている医局を見上げた。

春谷の前で肌をさらした。それを吉永に告げることには、不思議なほど抵抗がなかった。いやむしろ、告げることが当然だと思っていた。自分と吉永の間には、隠すことは何もない。どんな姿をさらしても、吉永は受け止めてくれると信じていたからだ。

「さすがに……強ばっていたか……」

車に乗り込みながら、内海はクスリと笑う。

吉永は受け止めてくれた。少しだけ嫉妬に強ばりながらも、内海を抱きしめてくれた。

内海のしたことが間違いではなかったと認めてくれたのだ。

「……不思議なものだな……」

春谷兄妹のように、肉親同士がすれ違い、お互いの心が全く理解できなくなって、ぎくしゃくとしてしまうこともあれば、内海と吉永のように、全くの他人同士が心の奥のひだまで何も言わないままにわかり合えてしまうこともある。まさに、ひとの絆の不思議というものだろう。

内海はエンジンをかけると、もう一度医局の明かりを見上げてから、ゆっくりと車をスタートさせた。

おやすみ。

今日は、君の夢を見ることにしよう。

君が僕の夢を見るように。

「だからっ、そっちじゃないってばっ」

「えー、何でー」

「それじゃ、左右反対じゃない。ああ、もうっ」

「ねぇっ、私のお星様知らない？」

会議室は大騒ぎだ。あっちでアニメの主人公がのこのこ歩き、こっちで天使が怒鳴る……何とも、シュールな光景である。

「あ、あの……」

恵実は、普段と全く違う白衣の天使たちの様子に目を丸くしていた。

「私は……」

「あ、春谷さんは……これこれ、これ着てね」

渡されたのは、シンプルな白のローブだった。ウエストを絞めるベルトも白で、裾はたっぷりと足下まである。

「こけないように気をつけてね。それ、前に内海先生が着たのだから、ちょっと丈長いかも」

「う、内海先生？」

白衣のボタンを外しながら、恵実はますます目を見開く。

「そうよ」

うなずいたのは、スカーフをかぶり、かごを持ったちょっと老けたマッチ売りの少女だ。

「うちの病院のクリスマスって、このコスプレが恒例なのよ。で、毎年ドクターにも何人か参加していただくんだけど、二年前かな？　風邪でダウンした吉永先生のピンチヒッターで、内海先生にお願いしたことがあるの。もう……あれは伝説よねっ」

「そうそうっ」

振り向いたのは、ちょっとふくよかすぎる白雪姫。

「何かねぇ、鬼気迫るようなきれいさだったわね。お笑いのはずのコスプレが笑えなくなっちゃったんだもの」

「……内海先生って……何か怖い感じもするけど……」

ぽつりと言った恵実に、白雪姫が笑う。

「そりゃ、誰もが吉永先生みたいにフレンドリーじゃないもの。でも、内海先生は怖くなんかないわよ。そりゃ、春谷先生ほどあたりがソフトじゃないけど、ちゃんと目配りしてくれるし、おかしな指示も出さないしね。ドクターとしては一級品だと思うわ」

「吉永先生も、内海先生くらい気配りがあればねぇ」

これはマッチ売りの少女だ。

「あの人、自分の直感で突っ走る人だから」

「で、でも、吉永先生は……患者さんにも優しいし……っ」

反駁《はんばく》する恵実に、白雪姫が軽く首を振る。

「悪いなんて言ってない。でも、物事は一元的に見られないってこと。内海先生には内海先生の、吉永先生には吉永先生のいいところがあるの。もちろん、春谷先生もね。その一面だけをあげつらってても仕方ないの。こう……立体物に完全に影がないように光を当てるのは大変でしょ？　人間だってそうよ。見える面だけがその人のすべてじゃないの」

周囲から、からかいの声が起こる。

「よっ、整形病棟の哲学者っ」

「うるさいわねっ」

「きゃーっ、もう時間よーっ」

会議室の中がいっそう忙しくなる。恵実も周囲につられるようにして、せっせと手を動かしはじめた。

佐倉総合病院名物、コスプレクリスマスがもうじき始まる。

「メリー・クリスマス！」

「メリー・クリスマスっ」

大きなクリスマス・ツリーが飾られた小児科病棟のホール。サンタにトナカイ、白いローブの天使、なぜかアニメキャラに童話の主人公に、うさぎとくま……。よくわからない品揃えのコスプレが並んだ。すべて佐倉総合病院の職員である。医師に看護婦、事務職員まで総動員しての一大イベントが、このクリスマスなのだ。

「あーっ、吉永先生みっけっ」

天使のひとりが叫んだ。

「ずっるーいっ、オペだとか言って逃げておいてーっ！」

「本当にオペだったんだって」

両手を上げて、吉永は笑っている。

「ただし、十五分で終わる腱剥離《けんはくり》」

「ずるーいっ！」

一斉のブーイングに、さしもの吉永も拝む形になる。

「後で差し入れしてやるからっ」

「ケーキっ」

「ああ、わかったわかった」

集まっていた患者や家族が笑い出す。他の病棟の看護婦や医師たちもみな見物に訪れている。窓のブラインドがすべて閉じられ、ツリーに明かりが灯された。

「わぁ……」

きらきらと夢のように輝く大きなツリーに、子供たちのみならず、大人の口からも感嘆の声がこぼれる。天使に扮した看護婦たちが小さな燭台のろうそくに明かりを灯し、秋口から練習してきた賛美歌をアカペラで歌い始めた。ゆらゆらと揺れるろうそくの火。浮かび上がる白いローブ。

「……きれいなものですね」

吉永の後ろにいた春谷が静かな声で言った。

「去年は……オペ室にいたもので見られなかった……」

「うちの病院の名物ですよ」

吉永が答える。

内海はこの場にはいなかった。外来の特診にあたっているのだ。あたっていなかったところでおそらくここには来なかっただろう。二年前のコスプレ騒ぎは、本人の中でそれなりのトラウマになっているらしい。

「おや、お嬢さんもちゃんと加わってるな」

吉永がぼそりと言った。彼の視線の先には、手元のカンニングペーパーを見ながら、一生懸命に歌っている恵実の姿があった。

「……ああやってりゃ、可愛いのになぁ」

「吉永先生」

春谷がすっと身体を寄せてくる。

「それを本人に言ってやったら喜ぶと思いますが？」

吉永は振り向かないまま、軽く肩をすくめる。

「残念でした。俺は売約済み。無駄な期待は抱かせないことにしてる」

口調は軽いが、語尾はぴたりと決まっている。冗談で言っているのではないと、敏感な春谷は悟ったのだろう。無言のまま、すうっと身体を離していった。


各病棟を巡り、隣の老健施設にまで足を伸ばし、コスプレクリスマスは五時近くになってようやく終わった。看護婦たちはそれぞれ写真を撮ったり、吉永にねだって差し入れさせたケーキを開けたり、相変わらず賑やかだ。病棟も外来も今日ばかりは特別シフトを組んで、コスプレ参加者を優遇している。年に一度、クリスマスを病院で迎えなければならない子供たちのための行事だ。病院の中にいると季節感がなくなる。どうしても世間の行事に疎くなる。そんな感性の洗濯のためにも、コスプレクリスマスは大切な行事なのだ。これもまた、形を変えた看護である。

「あれ？」

上げていた髪を下ろしながら、看護婦のひとりが視線をドアのほうに向ける。

「春谷さん、着替えないの？」

まだローブ姿のまま、支度の場所になっている会議室を出ていこうとした恵実に声をかける。

「あ、あの……」

恵実はおずおずと振り向いた。

「更衣室で着替えます。私服に着替えて……帰りますので」

「あっ、そっか。じゃ、衣装は更衣室の洗濯かごの中に入れといて。後で回収するから」

「はい、すみません」

「お疲れさまぁ」

「あ、春谷さん」

ケーキを食べていた整形病棟の看護婦が振り向いた。

「お疲れさま。ありがとうね」

「え……？」

意外な感謝の言葉に、恵実は身体の動きを止めた。

「……」

看護婦が笑いながら言った。

「医学生さんって、なかなかこういうバカなことにつき合ってくれないのよ。これもふざけているわけじゃなくて、子供たちの笑顔を引き出したいって思ってやっているんだけど、理解してもらえないみたいで。嫌な顔しないでつき合ってくれたの、春谷さんが初めて。医療って、切った貼っただけじゃないのよね。そういうのわかってくれたの、春谷さんだけ。ありがとう」

「そんなこと……」

「いいお医者さんになってね」

送り出してくれる看護婦の言葉に、恵実は何も答えられず、ただぺこりと頭だけを下げて、足早に会議室を出た。


小さなノックの音がした。

「……どうぞ」

吉永は首を傾げながら返事をする。外科医局に入るのに、ノックする人間はほとんどいない。

「あの……」

入ってきたのは恵実だった。まだ天使の衣装を着けている。春谷と似たなかなかに端正な顔立ちで、すらりとしたプロポーションの彼女に白いローブはよく似合っていた。天使というより、女神といった感じだ。

「さっき、見てた」

吉永は椅子ごと振り向きながら言った。机に肘をつき、読んでいた学会誌を閉じる。

「歌も練習したのか？」

「……少しだけ。出るって決まったのが、一昨日だったから」

「そっか」

吉永はさらりとうなずく。

看護婦たちが、恵実を誘おうかどうしようか迷っていたのは知っていた。吉永にべったりの彼女の評判はあまりよろしくない。反発が出て当然だった。しかし、せっかく今の時期に病院にいるのだからと、声をかけることに決めたらしい。結局、彼女たちは気がいいのだ。意地悪になりきれない看護婦たちに、吉永は微笑ましいものを感じる。

「先生、私……」

「今日で実習も終わりだな。ちょっとは進歩した気がするか？」

「先生」

恵実は両手をきゅっと握りしめていた。

「お話があるんです」

吉永はちらりとドアのほうに目をやった。誰かが入ってきてくれないかという微かな希望だ。しかし、こんなときに限って、廊下はしんと静まり返っている。

「……難しい話じゃねぇといいんだがな」

吉永は目で断って、煙草に火を点けた。すっと顔を横にそらして煙を吐く。

「先生に……恋人がいらっしゃるのはお聞きしました。こんなことを言って……ご迷惑なのも承知しています。でも……どうしても言っておきたくて」

声が少しうわずる。

「先生のことが好きです……。大好きです……っ」

「お、おいおい……」

「恋人がいらっしゃるって言っても、結婚なさっているわけではないでしょう？　だったら……」

「ちょっと待った」

吉永はくわえていた煙草を慌てて消し、両手を胸の前に上げた。

「ちょい待ち。そんなに結論を急ぐこたねぇだろ？」

「別に急いでません」

「まぁ、待てって」

吉永はぽんと足で蹴って、隣の席の椅子を恵実のほうに押しやった。

「座れよ、落ち着かねぇから」

吉永はふうっとため息をつく。

こういう場面は、自分よりたぶん内海に向いていると思う。自分の考えをうまく言葉にまとめ、穏やかに相手に伝えるということが、吉永は苦手だ。ストレートに言いたいことを言う……それが自分のスタイルなのだ。

「あんた……何で医者になろうと思ったんだ?」

「それとこれと……」

「いいから。何で医者になろうと思ったんだ」

「……」

恵実は口ごもった。うつむいて、膝の上にきちんと揃えた自分の両手を見つめている。

「……兄貴が……春谷サンが医者だったからか?」

ぽつりと吉永が言った。

「春谷サンが整形外科医だったから、整形に行こうと思ったのか? 血が苦手で貧血起こしちまうのに、兄貴と同じだから、整形に行きたかったのか?」

「そんな……っ」

「だったら?」

追いつめていると思う。彼女にはきつい言い方だと思う。しかし、吉永にはこういう言い方しかできないのだ。ストレートに真摯《しんし》に言葉を紡ぐ以外の方法は知らない。

「だったら……どうして、あんなに春谷サンの姿ばかりを追う？　実習中に上の空になるほど、春谷サンの姿ばかりを追うんだ？」

「私は吉永先生が……っ」

「……すり替えはやめな。あんたは、春谷サンの影を同じ整形外科医である俺に重ねているだけだ。手近にいる俺に」

吉永は再び煙草をくわえる。久しぶりに吸うメンソールは、妙に軽くて心許ない感じがする。

「胃を悪くして休んでいる間、あんたはきっといろいろと考えていたんだろうな。自分の気持ちに収まりがつかなくて、どうすればいいかわからなくて。それで……紆余曲折の末、導き出したのが……俺という代用品への恋だ。そうやって……自分の気持ちをすり替えようとした」

「そんなこと……っ」

「ないと言いきれるか？　ばりばりに兄貴を意識して、あれほど不自然な態度をとってきながらさ」

ゆっくりと紫煙を吐き出して、吉永は言った。

「何にしても……あんたと春谷サンはちゃんといろいろなことを話し合ったほうがいいと

思う。春谷サンもほとんど顔も見たことのないあんたをどうしていいかわからないようだし、あんたもいきなり目の前に現れちまった出来のいい兄貴に憧れつつも、どう接していいのかわからない。その気持ちはわからんでもないが、それを他人でごまかしちゃまずい。自分の問題は自分でちゃんと解決しなきゃな」

吉永はふっと煙草の煙と一緒に、ため息を吐き出した。

「……これだけは誤解しないでほしいんだが、俺は別にあんたが嫌いなわけじゃない。扱いに困っていたのは確かだが、あんたの一生懸命さは、方向さえ間違えなければ大きな力になるはずだ。一生懸命な面を持っている奴は好きだ。だるいだのしらけるだの言っている奴よりはるかにな」

恵実は深くうつむいたままだった。肩が震えているところを見ると、泣いているのかもしれない。吉永は何となく身の置き所をなくして、すうっと立ち上がった。窓辺に近づき、ブラインドを巻き上げる。外は細かい雪が降り始めていた。

「……兄のことは写真でしか知りませんでした」

ぽつりと恵実が言った。

「兄は……母と父が再婚してからは、ほとんど家に帰ってきませんでしたから。父は……ときどき東京に出たときに会っていたようでしたけど、私と母はほとんど兄に会ったことがありません。ただ、父が持ち帰ってくる写真……母が元気な姿だけでも見たいからと無理を言っていたようでしたが……それだけが兄の姿を伝える唯一のものでした……」

「はぁ……」

それなら、少女が憧れても仕方ないだろう。春谷はあのとおり、端正な容姿の持ち主だ。そのうえ医者、血の半分だけ繋がった異母兄妹……三十年くらい前の少女まんがそのままだ。

「……どうしても、兄に会いたかったんです。同じ医者になれば……整形外科医になれば……会えると思ったんです……」

なるほどと吉永はうなずく。

これが設楽が口ごもった、医者になった動機だったのか。不純といえば不純、純粋といえば純粋である。

「……まぁ、これから先どうなるかはわからねぇが」

吉永はこきこきと首を鳴らしながら言った。説教はガラじゃない。肩が凝って仕方がない。

「あんたにはあんたに向いた方向があると思う。整形以外の分野も見てみたほうがいいと思うぜ。まだまだ専門を決めるには時間があるだろうしな」

恵実がこくりとうなずいた。白いローブがふわりと揺れる。何だか天使をいじめてしまったようで、ちょっとだけ心が痛んだ。

「先生、いろいろと……ありがとうございました」

椅子から立ち上がりながら、恵実が言った。

「ご迷惑をおかけして……申し訳ありませんでした……」

「どういたしまして」

吉永は煙草を挟んだままの手を軽く振った。

「こっちこそ。俺、強力な姉貴と妹しか知らねぇから、優しくしてやれなくて悪かったな」

「いいえ」

ドアに手をかけながら、恵実はまだ赤い目で笑う。

「先生の恋人、すごくうらやましくなりました。先生……優しいから」

「俺？」

思わず自分の顔を示すと、彼女はうなずく。

「優しいですよ、先生。一見、ぶっきらぼうな感じするけど……女の子がいちばんぐらっときそうな感じの優しさ」

「あ？」

ドアを引き開け、彼女は廊下へ踏み出す。

「さようなら、先生。さっきの告白……」

ドアがすうっと閉まっていく。

「本気だったんですよ……っ」

吉永が顔を上げたときには、すでに天使は走り去った後だった。


雪は夜になってもまだ止まなかった。

かなり気温が下がっているのだろう。さらさらと細かい雪が間断なく降り続け、都会の素っ気ない景色を白い絵の具で染め上げていく。

「積もるかな」

職員玄関を出ながら、上機嫌で言う吉永に、内海は軽く首を振った。

「こういう雪は、東京じゃ積もらない。北海道なんかだと積もるんだろうが」

「どういうことだ？」

「気温の違い。東京は気温が高いから、こういう細かい雪はあっという間に溶けてしまう。温度が上がるのが早いから」

あっさりと言って、内海は雪の中に白いコートで踏み出していく。

病院の駐車場に明かりはない。病院の建物からの微かな明かりの中に浮かび上がるだけだ。そのベルベット・ブルーの闇の中に、ちらちら揺れる白い雪と白いコートが浮かび上がる。

「……内海」

吉永からの呼びかけに、内海が振り向いた。

「さっき」

吉永は両手をポケットに入れたまま、目をすがめて、内海を見ていた。

「コスプレ天使さまを見たが……そうしてるあんたのほうがよっぽど天使さまみたいだな」

「ばかなことを」

内海は軽く笑うと、髪に止まった雪をさらりと払う。

「凍えないうちに帰るぞ」


「ふぇえ……っ、やっぱり風呂は広いほうがいいよな」

タオルで濡れた髪を拭いながら、吉永が満足そうにリビングに入ってくる。

「俺、マンション引っ越そうかなぁ……」

「マンションのユニットバスなんか、どこも同じだぞ」

新聞を読んでいた内海がすぱりと切り返す。

「広い風呂に入ろうと思ったら、銭湯に行くか、一戸建てを建てるかだな」

「もう一つあるぜ」

すとんと内海の隣に座って、吉永が言う。

「ここに引っ越してくる」

「……そしたら、僕が君のマンションに行くのか？」

心底嫌そうに内海が言った。

「風呂が狭いのはかまわないし、クーラーが効くのはいいが……」

「あのな」

ぽんとタオルを投げて、吉永が笑い出した。

「どうして、一緒に住むっていう発想が出てこないんだよ」

「え？」

新聞を畳みながら、内海がきょとんと見上げる。

「誰と」

「俺と」

すっと身体を寄せた吉永だったが、立ち上がった内海にあっさりと身をかわされて、ソファに転がってしまう。

「内海っ」

「呼び出し商売のもの同士が、一緒に住めるわけないだろうが」

キッチンに向かいながら、内海は切り返す。

「二倍起こされることになるんだぞ。君のベルが鳴って起きるのは君だけじゃないし、僕のベルが鳴って起きるのは僕だけじゃない。そんな不毛な生活がしたいか？」

「……」

「このくらいがちょうどいいんだ。離れすぎてももちろん困るが、くっつきすぎていても飽きが来る。適度に一緒にいて、適度に離れていたほうが……」

「刺激にもなるってか」

ソファに転がったまま、吉永が言う。

「あーあ……やっと、わけわからん状況から解放されたってのになぁ……」

「ほう……」

お茶を入れていた内海が振り向く。

「彼女、去り際に告白のひとつもかまさなかったのか？」

「え……」

吉永はぎくりとして、大慌てで体を起こした。

「な、何でそれ……っ」

「やっぱりそうか」

さらりと流して、内海は妙に涼やかに微笑んだ。

「なるほどね」

「てめ……かまかけやがったなっ、内海っ！」

「おや、君が勝手に認めただけだと思うが」

内海はくすくす笑いながら、カップを持って戻ってくる。

「まぁ、おおかたそんなところだろうとは思っていた。彼女も、最初は春谷先生の影として、君を見ていたらしいが、だんだん変わってきたようだな」

「内海」

カップを受け取り、ルビー色の紅茶を一口含んで、吉永は言った。

「……俺って、鈍いかな……」

「え？」

まだカップを持ったまま、お茶が冷めるのを待っている内海が顔を上げた。

「いや……彼女にもそんなことを言われたんだが、俺、全然気づかなかったんだ。女性に好意をもたれたことがないとは言わないが、どうも、そういうのとは……違う気がして……」

「それはな」

内海がちらりと視線を流して笑う。

「君がもう若くないということだ」

「な、何……っ」

「若い女性の心理がわからなくなっているということだ。好意の裏返しの憎まれ口や好きなあまり周囲が見えなくなって迷惑をかけるということ……そういうのが理解できなくなっているんだな」

「おい、内海……っ」

「ちなみに、僕はすぐにわかったぞ」

ようやく冷めた紅茶を一口飲み、内海は優雅に微笑む。吉永はずるずるとソファから滑り降り、ラグの上に直接座り込んだ。カップをテーブルに置き、ソファに座っている内海の膝に寄りかかる。

「じゃあ、春谷サンのことはどうなるんだよ……」

内海の膝に頭をのせ、吉永はぐいと上を見上げる。

「俺からすりゃ、あの人があんたに……そういう気持ちもってるのなんて、見え見えだったんだぜ？」

「ああ、そうだな」

内海はまた、至極あっさりとうなずく。

「ああって……」

「だから、しっかり釘を刺したと言っただろう？　佐嶋先生あたりには絶対にきかない釘だが、春谷先生ならしっかりきく。経験値の違いだな」

「経験値……」

「……あの人と僕は根本的に似ているんだ。ものの考え方、捉え方がとてもよく似ている。その事実をどうとるか……気の合う友人ととるか、運命の相手ととるか……それは本人の考え次第だ」

吉永の硬い髪に指を埋め、内海は淡々と続ける。

「似ているから……それが運命の相手なのか。僕はそうは思わない。ひとつも一致すると
ころがなくて、やることなすことかんに障って、腹が立つ。それでも……引きずられてし
まう。引き寄せられてしまう。それが……運命なのだと思う」

吉永は内海の膝に頬をあて、目を閉じて、彼のハスキーな声を聞いている。

「春谷先生に惹かれるところがないといったら、それは嘘になる。惹かれるところがなか
ったら、迷路に迷い込んでいるあの人を引きずり出してやろうとは、思わなかったからな」

「なんだかんだ冷たいこと言ってるが、あんたも結構面倒見がいいほうだよな」

吉永がくすくす笑いながら、手を伸ばして、自分の髪に埋められた内海の指に触れた。

軽く指先を絡ませて、言葉を続ける。

「俺は……いつもあんたに助けられてる」

くるりと仰向けの形になって、吉永は内海の膝に頭をのせ、腕を伸ばして、彼の頬に指

を触れた。

「しかし……あんまり博愛主義にはならないでくれ。こう次から次へとあんたに吸い寄せられる奴が現れるんじゃ、身がもたねぇ」

「それはこっちのセリフ……と言わせていただこうか」

頬から唇を探る指先を摑み止めて、内海も微笑む。

「君にずっと張り付いている彼女に、僕が嫉妬しないとでも思っていたのか？」


カーテンをすべて開け放った部屋。ベッドの上にちらちらと降る雪の影が映る。

「……寒いか？」

頬を撫でながら言った吉永に、内海はほんのり微笑む。

「いや……」

温かい吉永の背に腕を回して、内海は首を振った。

「こうしていれば……寒くない」

吉永はむき出しになっている内海の肩に顔を埋め、薄赤く残る傷跡に唇を触れた。

「ここ……触らせなかっただろうな……？」

「誰に？」

内海はくすくすと笑う。

「君以外の誰に触らせると言うんだ？」

少し骨ばった肩、鎖骨のくぼみ、薄く滑らかに筋肉ののった胸……指先でひとつひとつ確かめて、その温かさを確かめて。

「ずっと……触れていなかったな……」

こくりと息をのみ込む喉元に口づけて、吉永は低く囁く。

「こんなふうに……触れてなかった……」

「ああ……」

忙しさに取り紛れて、感情のカオスに巻き込まれて、視線で、指先でお互いを感じ合うことしかできなかった。抱き合っていなければ不安な時期は既に過ぎ、互いの気持ちを疑うことすらなくなっている。しかし、ぬくもりが、熱さが欲しくなるときがある。無性に欲しくて、どうにもならなくなるときがある。

「……う……ん……っ」

ふざけるように軽く触れ合った唇は、すぐに深くお互いを欲しがり始めていた。貪るように舌を絡ませ、吐息を奪い合う。微かな音をたてて離れても、すぐにまた重なり合い、幾度となく重なり合う面が変わる。

「……ガキみてぇ……」

吉永が低く笑った。恋人の滑らかな背中から腰へと、手のひらで撫で降ろしながら、鎖骨の下に薄赤く刻印を印す。

「……止まらなくなってやがる……」

一瞬でも、恋人の肌から離れたくなかった。手で触れ、唇で触れ……その滑らかな熱さをすべて手の中に収めようとするかのように。

「そんな……の……っ」

ぐいと腰を引き寄せられて、内海の声が掠れる。

「辰也……だけじゃな……い……っ」

背中に回っていた腕が肩のほうに滑り、くっと爪を立てる。少し反動をつけて、身体を寄せ、吉永の耳元に唇を寄せた。

「こうしていて……わからないのか……?」

「……っ」

耳たぶに唇を触れさせながら吹き込まれたハスキーヴォイスに、一気に鼓動と体温、身体のボルテージが跳ね上がった。抑えの効かない自分を自嘲気味に嗤いながら、吉永は恋人の身体を引き寄せる。

「く……う……っ」

性急に身体を開かれて、内海が微かに声を漏らす。ぎゅっと力を込めてしまいそうな唇を指先で開き、歯列を割って、吉永は自分の指をくわえさせる。そして、不謹慎なセリフを吐いた。

「……久しぶりだからな……たっぷり聞かせてもらう……」

「あ……ああ……ん……っ！」

恋人の指を傷つけることを恐れ、内海は歯を食いしばって耐えることができない。されるままに声を上げ、息を乱す。

「あ……あ……っ！」

「……っ！」

身体を結びあう瞬間に、吉永も微かに声を漏らす。ひとつになってみて初めて、どれほど長い間、互いの身体に溺れていなかったかがよくわかる。この熱く溶けていく感覚にどれほど餓えていたかがよくわかる。ぴったりと重なり合えないのがもどかしくて、吉永は内海の唇から自分の指を抜き取り、かわりに深い口づけでおおった。隙間なく触れ合い、より深く穿たれて、内海の上半身が吉永の下で、ブリッジを描くようにのけぞった。

「もう……」

固く目を閉じ、不規則な呼吸と律動に翻弄される恋人を見下ろして、吉永はうっすらと微笑む。

「……寒くないだろ……？」

「熱……い……」

意識を飛ばしたと思っていた内海がうっすらと瞼を開いた。しなやかな両腕で吉永を抱きしめて、甘く掠れた声で囁く。

「溶けそうに……熱……い……っ」

うっすらと上気した肌に、さらさらと降り続ける雪の影。

「ずっと……こうしていてぇな……」

しんしんと降り続ける雪に身を沈めて。ふたりだけで……深く深く。

「ん……う……っ」

しかし、熱をもった身体は溶けていく。その場にとどまれないほどの早さで溶けていく。

「あ……ああ……ん……っ！」

「尚之……っ」

ざっと吹き過ぎる冬の嵐のように、視界すべてが真っ白に輝いて、もう何も見えない。

何も……聞こえない。


「ほんとだ……」

窓辺に立つ吉永の声で、内海は目を覚ました。低血圧の吉永にしては珍しく、早起きしたらしい。

「……どうしたんだ?」

まだ怠い体を起こしながら、声をかける。寝起きのいい内海は、しっかり目は覚めているものの、身体がまだついてこない。しかし、久しぶりに夢も見ないほどぐっすり眠った感じだ。

「雪」

振り向いた吉永が一言だけ言った。

「雪?」

内海もベッドから出た。吉永の隣に並ぶ。

「ああ……」

窓の外は、いつもどおりの少し遅い朝だった。庭の桜は冬枯れのままにたたずみ、僅かに残った枯れ葉を木枯らしに揺らしている。

「すっかり溶けてしまったようだな」

「ああ……。あんたの言ったとおりだ。俺には十分寒いけど、雪にとっちゃ、東京は暖かすぎるんだな……」

つぶやいて、吉永は昨夜から開いたままだったカーテンを引いた。

「それぞれに、いるべき場所があるってことか……」

「朝から哲学的だな」

ぱたりと布団を折り返しながら、内海が笑った。

「朝に弱い君の発言とも思えない。どうかしたのか?」

「何だよ……っ」

不服そうに唇を尖らせてから、吉永は不意に表情を崩した。にんまりと少々不謹慎な笑みを浮かべる。

「そりゃあ……」

腕を伸ばして、ぎゅっと恋人を後ろから抱きしめながら。

「誰かさんに、たっぷりエネルギーをもらったからな……」

次の瞬間、鳩尾のあたりに思いきりの肘鉄を食らい、ベッドにばったり倒れたのは言うまでもない。

エピローグ

「何だか、可愛いですね」

カンファランス・ルームのテーブルには、ぬいぐるみのお供え餅が置いてあった。本物を置いてもかびてしまうだけだし、食べる人もいないということで、数年前から医局のお飾りはこのぬいぐるみになっている。誰かが作ってきたものらしい。白い餅の側面に張り付いている海老のぬいぐるみをつついて、田辺が笑った。

「今ひとつ、緊張感はないですけど」

「日常に緊張感なんぞねぇほうがいいんだよ」

吉永があくびをしながら言った。

「平々凡々、何事もなく穏やかに過ぎるのがいちばんいいんだ」

「いやに実感が込もっているな」

お茶を飲みながら、内海が素っ気なく言った。

「まるで、平凡じゃない日々を過ごしてきたようだな」

「いや、俺はだな……」

「そうだな。毎日、女性の間で揉まれまくるのは……平凡な日々とは言えなかったよな」

ちらりと視線を流しながら、内海は言う。

「まあ、その台風の目も無事去ったことだし……」

「失礼します」

ノックとほぼ同時にドアを開けたのは、秘書の浅野である。

「あ、吉永先生、こちらでしたか」

「俺?」

自分の顔を指した吉永に、浅野はこっくりとうなずき、かわいらしいピンク色の封筒を取り出した。

「はい。郵便物が届いていますので」

「あ? んなの、医局の机の上……」

受け取って裏を返し、吉永は軽いうめきを漏らした。

「吉永先生?」

田辺と内海が顔を見合わせる。浅野だけがくすくす笑っている。

「浅野っ」

「だから、お持ちしたんです。失礼しました」

犬のように唸る吉永に妙に愛想のいい笑みを残して、浅野は去っていく。ドアが閉じると同時に、吉永は封筒をテーブルの上に放り出した。ぱたりと返った封筒の差出人を見て、田辺が軽く噴き出す。

「田辺っ」

「はい……すみません……」

謝りながらも、田辺はくすくす笑い続けている。内海のほうは、すでに想像がついているらしく、口元に微妙な笑みを浮かべて、静かにお茶を飲んでいる。

「まったくよぅ……っ」

ぶつぶつと文句を言いながら、吉永は再び封筒を手に取り、封を切った。

『拝啓
窓の外は、目が痛くなるほど白い世界です。今日も真冬日。また先ほどから、雪が降り始めました。東京はいかがでしょうか。
先日は、大変お世話になりました。お忙しい中、ご指導をありがとうございました。勉強になることが多すぎて、今、レポートをまとめるのが大変なほどです。改めて、医師という職業の難しさ、大変さを思い知らされた気がします。今後の進路も含めて、真剣に考えなければと痛感しています。
こちらに帰省する前に、兄と食事をしました。ふたりきりで顔をつき合わせるのは、生まれて初めてなので、ちょっと妙な感じでしたが、兄とは、進路の話も含めて、いろいろな話をしました。今までしてこなかった分の話ができたとは思いませんが、本当にいろいろな話をしました。話をしているうちに、この人は確かに私の兄なのだと実感できるところがたくさんありました。父の話、近所の公園にある大きな春楡《はるにれ》の話……一緒に暮らしたことがなくても、私たちの中にはたくさんの共通するものが見つかりました。もっともっとたくさん話をすれば、もっともっとたくさん見つかることでしょう。このお正月には、兄も帰省すると言ってくれました。両親は今からわくわくして待っているようです。

先生に指摘されたこと。先生を兄の影として見ていたということ。正直なところ、まだ納得はしきれていません。でも、兄を理想化して、偶像化していたことは確かなようです。実際に話をしてみると、兄は医師としても人間としても、とても尊敬できる人ではありますが、少女マンガの主人公のような人ではなく、生身の部分……突然現れた妹の存在にとまどい、継母の存在に少し拗ねたりする……をちゃんと持っている人でした。写真を見ているだけでは窺い得なかったものを、兄と実際に話をすることによって、私は知ることができました。兄と話をするきっかけ、兄と向かい合うきっかけを与えてくださった先生に、とても感謝しています。

東京に帰ったら、もう一度、志望学科を考えてみたいと思っています。佐倉総合病院で子供たちとクリスマスを迎えてみて、小児科や産婦人科という選択肢も考えてみていいかなと思いました。兄も相談に乗ってくれると言ってくれましたし、慎重に考えてみたいと思っています。

先生には、本当にいろいろとご迷惑をおかけしました。ありがとうございました。

まだまだ寒い日々が続きます。暖かい地方にお生まれの先生には、つらい季節でしょうか。体調を崩されませんように。かしこ。

吉永　辰也　先生
春谷　恵実　拝』

「……丸く収まったということか？」

手紙を読み終えて、内海が言った。吉永は肩をすくめる。

「どうだかな。お互いあの性格だ。そうそう簡単にいくとは思えないがな」

手紙を封筒に戻し、吉永はそれをテーブルの上にぽんと投げ出した。

「ま……でも、彼女がある意味の進路変更に思い至ったのは歓迎するがな。ありゃ……どう考えても、外科系には向かねぇよ」

「医師としての素地がないとも言えないんですけどね」

田辺が控えめに言う。

「熱心には熱心ですし、子供の扱いなんかはうまいほうだと思います」

「適材適所」

内海が淡々と言った。

「自分が何に向いてるかなんて、その場に行ってみないとわからない。失敗を繰り返して、自分のいるべき場所を見つけていくんだ」

ぽんと言葉を投げ出して、内海は立ち上がった。

「どこ行くんだ?」

見上げる吉永に、内海は肩をちょっとすくめる。

「片づけものだ」


「インディアン・サマーというには、時期が遅すぎますね」

ぽかぽかと暖かく陽の当たる屋上で、春谷は待っていた。この前までの雪のちらつく寒波とはうってかわって、今日は風もない穏やかな日和だ。

「小春日和……老婦人の夏……言い方はいろいろありますね」

内海はさらりと言った。

「どっちにしても、十二月では遅すぎるし……日本の気候じゃない」

「私も……遅すぎたということですか」

春谷の言葉に、内海はゆっくりと顔を上げた。長い指を前髪の中に入れ、静かに後ろにかき撫でる。その妙に優雅な仕草を見ながら、春谷がすうっと目を細めた。

「……この前のことは、冗談でも現実逃避でもなかったつもりなのですが」

「答えは出したはずです」

内海はふんわりと微笑む。

「人にはそれぞれあるべき場所というものがあります。僕は今、自分のあるべきところにいると思っています。そこ以外に、僕の行くところはない」

「内海先生……」

「それだけです」

内海はすうっと切れ長の目で春谷を見やり、艶やかに微笑んだ。

「……失礼」

白衣の裾を翻し、内海は春谷の横を通り抜ける。

微かなグリーンの香りだけが、つかの間、その場にたゆたっていた。

薄暗い階段を下りようとしたとき、内海は耳元でぱんぱんっという拍手の音を聞いた。

「……驚くじゃないか」

思わず立ち止まった内海の視界に、壁によりかかって立っている吉永の姿が入ってくる。

「なるほど……こういう片づけものだったのか」

「……立ち聞きとは、いい趣味じゃないな」

「俺は煙草吸いに来ただけだぜ？」

ちらりと白衣のポケットから覗かせたのは、メンソールのミントグリーンの箱だ。

「それなら、さっさと行ってこい」

ぴしゃりと言って、内海は階段を下りていこうとする。吉永はその腕を軽く掴んだ。

「いいや、どこにも行かねぇ」

「……？」

すっとごく軽く、まるで風のように素早いキスが唇を掠めていく。

「ここが、俺のあるべき場所だからだ」


ここがあるべき場所。

君の夢を見……また君と同じ夢を見る。

そう……ここが、夢のある場所。

ふたりの……夢のある場所。

あとがき

こんにちは、春原いずみです。

大変にお待たせいたしました。吉永×内海シリーズの四冊目「夢のある場所」をお届けいたします。

シリーズといっても、このお話は完全な一冊完結の形をとっておりますので、ここから読み始めてもOK。いやむしろ、これを読んでから、過去に戻るのもまた一興ということで、お楽しみいただけると幸いです。

さて、ノベルズ版では足かけ四年かかって刊行されたこのシリーズも、文庫版では、実に一年四ヶ月で完結にまで駆け抜けました。サザエさん方式ではない（笑）このシリーズ、執筆時間と同時進行で、吉永も内海も年を重ねているので、ノベルズ版では四歳年をとったはずなのに、この文庫版では一歳くらいしか年をとっていないわけで（笑）。たぶん、この文庫化をいちばん喜んだのは、登場キャラたちでありましょう。お疲れ様。

そして、シリーズを追う毎に癖のある（苦笑）キャラが増えていくこのシリーズのイラストをお引き受けくださった麻生海先生。本当にありがとうございました。

文庫版の麻生先生、ノベルズ版の雁川せゆ先生と、素敵なイラストを二つもつけていただけることになったこの作品は、春原の作品中いちばんの幸せ者だと思います。

驚くべきことに、この作品に関わった編集さんは、のべ八人にのぼります。それぞれに思い入れを持って、この作品に関わってくださったことを心から感謝いたします。ありがとうございました。

最後になりましたが、ノベルズ版からこの作品を愛し続け、待っていてくださった皆様、今回初めて本を手にとってくださった皆様、本当にありがとうございました。少しだけお待たせしてしまったお詫びに、次のページから、ちょっとしたプレゼントをご用意いたしました。季節はずれになっちゃいましたが、本編も冬バージョンなので、まぁいいか（笑）。このふたりに欠かせないのは、やはり桜の花吹雪。というわけで、こんなおまけをご用意いたしました。楽しんでいただけると嬉しいです。

それでは、とりあえずのエンドマークを。

SEE YOU NEXT TIME!

桜の花吹雪の中で

春原 いずみ

「まぁったく、ひとを何だと思ってんだ、この病院はっ！」

一言わめくと、吉永は乱暴にカンファレンスルームのドアを開けた。

「昼飯抜きでオペ室に拉致られて、コーヒーの一杯も飲まずに……今何時だよっ！」

「……見ればわかるだろう。六時前だ」

コートとブリーフケースを傍らに置いて、雑誌をめくっていた内海は、すっと滑らかな仕草で立ち上がると、不機嫌な整形外科医の前に熱いカップを置いた。

「サンキュ……」

この部屋のテーブルの上には、いつもチョコレートやキャンディが置かれている。誰かの土産らしい羊の形をしたチョコレートをぽいと口に放り込み、吉永は内海がいれてくれたコーヒーをぐっと飲んだ。

「くっそぉっ！　今日の晩飯は思いっきり豪華に作るつもりだったのにっ！」

「豪華に作るって……吉永先生、自炊してるんですか……？」

恐ろしいものでも見るように言ったのは、若い整形外科医の加藤だ。

「当たり前じゃねぇか。ひとり暮らし歴何年だと思ってんだよ。俺が作らなきゃ誰が作る」

じろりと睨みをきかせる吉永に、加藤は慌てて首を振った。

「い、いえ、俺だってひとり暮らし歴はそれなりですけど、自炊なんかほとんどしませんよ。まぁ、うちに包丁とかないから、自炊なんかできないってのが本当なんですけど」

今度はこちらが信じられないことを聞いてしまった顔で、吉永が目をむく。

「包丁がないって……おまえ、何食って生きてんだよ……」

「何って……こういうのですけど」

加藤が持ち上げて見せたのは、いわゆるコンビニ弁当といわれる出来合いの弁当だった。

「結構ばかにしたもんじゃないんですよ。少なくとも、その辺の女の子が作ってくれる手料理もどきよりはるかにましですから」

吉永は思い切りしょっぱい顔をした。そばで内海がくすりと笑う。

カレーやシチューを作るのにも、市販のルーは一切使わない。おでんを煮るときは、具を煮込んでから、別に作っただしに沈める。クリスマスにはローストチキンを焼き、一日かけて、焼き豚や角煮も作る。吉永の家事能力は、ひとり暮らしの男の範疇を大きく踏み出して、すでに趣味の域に入っている。

「おまえな」

三つめのチョコを手にとって、口に入れたものかどうか考えながら、吉永は言った。

「整形は体力勝負だぞ。こんなもんばっかり食って、力出ると思ってんのか?」

くいくいと指さす弁当を抱え込んで、加藤は口を尖らせる。

「そんなこと言ったって、仕方ないじゃないですか。子供の頃から、料理なんかする暇があったら、勉強しなさいって言われ続けて、二十数年ですよ？」

「威張るな」

ふたりの整形外科医の不毛な言い合いに小さく笑いながら、内海はブラインドを閉じるために立ち上がった。西に窓があるこの部屋は、夕方になると目が痛くなるほどの光が一気に流れ込んでくる。一日分の光が、この一瞬にまとめて射し込んでくるような感じだ。巻き上がったままだったブラインドを下げようとして、ふと内海はその手を止めた。

「そうか……そんな季節か……」

「ん？　どうした？」

思わずつぶやいた内海の声に、吉永が振り返る。この男のセンサーは、恋人の言動に関しては全方位性である。

「いや……桜が」

内海は静かな声で言った。

「いつの間にか、満開になったと思って」

吉永も立ち上がった。内海の隣に並んで、下を見下ろすと、そこは、ふわふわとした泡のような花の海だった。

「桜って……不思議だよな……」

ふと吉永がつぶやいた。

「蕾はピンクなのに、何で咲くと白くなるのかな……」

吉永の言う通り、上から見下ろしても全く地面が見えないほどに咲き誇る桜は、目にいたいような夕日の中でも、確かに白く見えた。汚れない花びらは身を寄せ合って、可愛らしい手まりのような花房を形作る。こっくりとしたオレンジから柔らかい紫、そして、つめたいブルーへと色を変えていく空の下で、桜はただ白く白く咲き誇る。

「白くないですよぅ。八重桜とかって、濃いピンクのもあるし、緑や黄色の桜も……」

唐突に割り込んできたのは、加藤ののんびりとした声だった。

「だーっ！　うるせぇっ！」

せっかくのムードをぶち壊されて、吉永は凶悪な目つきで、加藤をにらみつける。

「てめぇ、当直でも何でもないんだろっ！　とっとと帰りやがれっ！」

「な、何で、怒るんですかぁ。俺、何にも……」

「てめぇの存在そのものが、俺を苛立たせるんだっ！」

「加藤先生」

くすりと笑って、内海は助け船を出す。

「空腹の吉永先生には逆らわない方がいいですよ。下手をするととって食われかねない」

「そうだぞ」

尻馬に乗って、吉永もとびきり不機嫌な声で言う。

「今日のオペで、何度おまえをメスで刻んでやろうと思ったか」

「うへ、勘弁してくださぁい」

加藤は食べかけの弁当を抱えると、よいしょと立ち上がった。

「吉永先生に食われないうちに、退散することにしまぁす。お疲れ様でしたぁ」

「おう、お疲れっ！」

ぱたんとドアが閉じ、吉永ははぁっとため息をつく。

「まぁったく……」

「何で、君がそこでため息をつくんだ」

内海が笑っている。人間にある基本的欲望のうち、食欲の部分がほぼすっぱりと欠けている美人は、吉永の苛立ちの意味がよくわかっていないらしい。

「まったく……あいつだけじゃねぇ。女の子……冬に来てた春谷サンの妹だってそうだ。手作り弁当ったって、中身は冷凍食品ばっかり。食は人間の基本だぞ？　うまいもん食わせてやらないと、身体も頭もうまく動いて……」

「君のご高説は承るが」

コートとブリーフケースを手にして、内海は帰り支度をしていた。きょとんとしている吉永の目の前に指を突きつける。

「冷凍食品でも何でも、食べないよりは食べた方がいいんじゃないのか？　このまま、君の主張を拝聴していると、僕まで食事にありつけないようだから、先に帰る……」

「だーっ！　待ったっ！」

吉永は大慌てで、置きっぱなしだった白衣をひっつかむ。

「一分待ってくれっ！　すぐ着替えてくるからっ！」


「ああ……いつの間にか、満開になっていたな……」

内海の住む家の庭には、吉野桜の老木がある。少しずつ弱り始めている樹ではあるが、今年もけなげに花をつけてくれた。淡い水色の空に、白い花房が映える。

「毎日見ていると、案外気づかないものだな。いつの間にか咲いて……葉桜になっている」

「その方がいいんじゃねぇのか？」

今日は珍しくも二人揃っての休日である。

「桜はな……咲き始めは嬉しいが、散り方があまりに潔くて、見ていると苦しくなってくる。気づかないうちに花吹雪に包まれて、気づいたときには葉桜になっている……そのくらいでちょうどいいんだ」

いくらか手は加えているが、基本的に日本家屋である。庭に面したところは、すべてガラス戸だ。そこをすべて開け放ち、柔らかな春の風を部屋に引き込みながら、吉永は座布団を二つ持ち出してきた。ぱんぱんと叩いてふくらませ、庭に出ていた内海を手招く。

「花見としゃれ込もうぜ。ほら、弁当付きだ」

驚いて振り返ると、庭に向かって並べられた二つの座布団の間に、桜の花びらを螺鈿細工で浮かび上がらせた豪華なお重が鎮座ましましている。

「何だ……これは」

「何って……弁当に決まってるだろ。花見弁当」

吉永はぐいと胸を張って大いばりだ。実に単純明快でわかりやすい男である。

「コンビニ総菜や冷凍食品なんざひとつもねぇぞ」

ふっくらと黄色に焼けただし巻き卵を筆頭に、牛肉の三色巻き、鰆の漬け焼き、にんじんを桜の形に抜き、里芋や花形のお麩と煮た煮染め。ご飯はもちろん季節の筍ご飯で、デザートは苺のソースで飾ったブランマンジェとレトロなうさぎりんご。

「……完璧だな」

なるほど、低血圧のはずの吉永が、朝も早くからキッチンにいたはずだ。多少の下ごしらえもしてあったのだろうが、完成させたのは今朝になってからだろう。

「ああ、いい天気だな。絶好のお花見日和だ」

内海にはお茶、自分にビールを用意して、吉永はご機嫌で、微かな風にもほろほろと花びらを散らせ始めた名残の桜を見上げる。

「ああ……そうだな……」

どれも手をつけるのが惜しいほど美しく仕上がっている料理の数々。どの料理も内海好みの味に仕上がっていることだろう。それはほっこりと優しい味のはずだ。

「いい……桜だな」

牛肉の三色巻きをつまみに、吉永はビールを飲んでいる。

「ああ……そうだな……」

薄味なのに、しっかりとだしのしみた煮染めを口に運んで、内海はふわりと微笑む。

「いい……春だな……」

これ以上何を望むだろう。優しい春の陽射しの中で、自分のためだけに作られた料理を楽しみ、恋人のぬくもりを感じる。少しだけ、自分も吉永も弱くなってしまっているのかもしれない。お互いのぬくもりを感じることで、心の安定を得ているのだから。しかし。

しかし、ひとはそれをきっと『安らぎ』と呼ぶのだ。心をほぐす優しい時間と呼ぶのだ。

ひらひらと舞う花びら。頬を温める春の陽射し。

また走り出すために、ふたりはひとときのぬくもりを感じながら、静かな春を見送るのだった。

花びらを浮かべて、春がいく。ふたりの頬を優しい手触りで撫でながら。

この作品を読んでのご意見・ご感想をお待ちしております。

〒153-0051　東京都目黒区上目黒1-18-6NMビル3F
オークラ出版『アクア文庫　春原いずみ先生』係

夢のある場所

2005年7月18日　初版発行

著　者　春原いずみ
挿　画　麻生海
発行人　長嶋正博
発　行　株式会社オークラ出版
〒153-0051　東京都目黒区上目黒1-18-6NMビル
営　業　TEL：03-3792-2411　FAX：03-3793-7048
編　集　TEL：03-3793-8012　FAX：03-5722-7626
郵便振替　00170-7-581612（加入者名：オークランド）
印　刷　図書印刷株式会社
装　丁　株式会社きゃらめる

※この作品は、2000年に桜桃書房より刊行されたものの文庫化です。